SHORT STORIES in SPANISH

Read for pleasure at your level and learn Spanish the fun way!

OLLY RICHARDS

Series Editor
Rebecca Moeller

Development Editor
María Blanco-Hermida

First published in Great Britain in 2018 by Hodder and Stoughton.
An Hachette UK company. Copyright © Olly Richards 2018
The right of Olly Richards to be identified as the Author of the Work has been
asserted by him in accordance with the Copyright, Designs and Patents Act 1988.
Database right Hodder & Stoughton (makers)
The Teach Yourself name is a registered trademark of Hachette UK.
British Library Cataloguing in Publication Data: a catalogue record
for this title is available from the British Library.
Library of Congress Catalog Card Number: on file.

9781473683259

10 9 8 7 6

Cover image © Paul Thurlby
Illustrations by Oxford Designers and Illustrators / Stephen Johnson
Typeset by Integra Software Services Pvt. Ltd., Pondicherry, India

Printed and bound in The United States of America.
John Murray Learning policy is to use papers that are natural, renewable and recyclable products
and made from wood grown in sustainable forests. The logging and manufacturing processes are
expected to conform to the environmental regulations of the country of origin.

Carmelite House
50 Victoria Embankment
London EC4Y 0DZ
www.hodder.co.uk

Contents

Don't forget the audio!

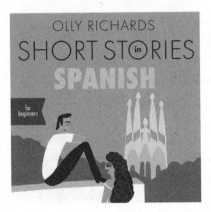

Listening to the story read aloud is a great way to improve your pronunciation and overall comprehension. So, don't forget – download it today!

The audio that accompanies this course is available to purchase from the Readers app and from readers.teachyourself.com.

Use **audio50** for 50% off any purchase.

About the Author

 Olly Richards, author of the *Teach Yourself Foreign Language Graded Readers* series, speaks eight languages and is the man behind the popular language learning blog: *I Will Teach You a Language.*

Olly started learning his first foreign language at age 19, when he bought a one-way ticket to Paris. With no exposure to languages growing up, and no special talent to speak of, Olly had to figure out how to learn a foreign language from scratch.

Fifteen years later, Olly holds a master's degree in TESOL from Aston University as well as Cambridge CELTA and Delta. He has since studied several languages and become an expert in language learning techniques. He also collaborates with organizations such as The Open University and the European Commission, and is a regular speaker at international language events and in-person workshops.

Olly started the *I Will Teach You a Language* blog in 2013 to document his latest language learning experiments. His useful language learning tips have transformed the blog into one of the most popular language learning resources on the web. Olly has always advocated that reading is one of the best ways to improve your language skills and he has now applied his expertise to create the *Teach Yourself Foreign Language Graded Readers* series. He hopes that *Short Stories in Spanish for Beginners* will help you in your language studies!

For more information about Olly and his blog, go to www.iwillteachyoualanguage.com.

For more information about other readers in this series, go to readers.teachyourself.com.

Introduction

Reading in a foreign language is one of the most effective ways for you to improve language skills and expand vocabulary. However, it can sometimes be difficult to find engaging reading materials at an appropriate level that provide a feeling of achievement and a sense of progress. Most books and articles written for native speakers can be too long and difficult to understand or may have very high-level vocabulary so that you feel overwhelmed and give up. If these problems sound familiar, then this book is for you!

Short Stories in Spanish for Beginners is a collection of eight unconventional and entertaining short stories that are designed to help high-beginner to low-intermediate level Spanish learners* improve their language skills. These short stories use Peninsular Spanish** and have been designed to create a supportive reading environment by including:

➤ **Rich linguistic content in different genres** to keep you entertained and expose you to a variety of word forms and the 1000 most common words in Spanish!

* Common European Framework of Reference (CEFR) level A2-B1.
** Peninsular Spanish is the type of Spanish spoken in the Iberian Peninsula.

➤ **Interesting illustrations** to introduce the story content and help you understand what happens.

➤ **Shorter stories broken into chapters** to give you the satisfaction of finishing the stories and progressing quickly.

➤ **Texts written at your level** so they are more easily comprehended and not overwhelming.

➤ **Special learning aids** to help support your understanding including:

✦ *Summaries* to give you regular overviews of plot progression.

✦ *Vocabulary lists* to help you understand unfamiliar words more easily. These words are bolded in the story and translated after each chapter. In addition, the vocabulary builds from Story 1 to Story 8 to help you expand your vocabulary as you go through the book!

✦ *Comprehension questions* to test your understanding of key events and to encourage you to read in more detail.

So perhaps you are new to Spanish and looking for an entertaining way to learn, or maybe you have been learning for a while and simply want to enjoy reading and expand your vocabulary, either way, this book is the biggest step forward you will take in your studies this year. *Short Stories in Spanish for Beginners* will give you all the support you need, so sit back, relax, and let your imagination run wild as you are transported to a magical world of adventure, mystery and intrigue – in Spanish!

How to Read Effectively

Reading is a complex skill. In our first languages, we employ a variety of micro-skills to help us read. For example, we might skim a particular passage in order to understand the general idea, or gist. Or we might scan through multiple pages of a train timetable looking for a particular time or place. While these micro-skills are second nature when reading in our first languages, when it comes to reading in a foreign language, research suggests that we often abandon most of these reading skills. In a foreign language we usually start at the beginning of a text and try to understand every single word. Inevitably, we come across unknown or difficult words and quickly get frustrated with our lack of understanding.

One of the main benefits of reading in a foreign language is that you gain exposure to large amounts of words and expressions used naturally. This kind of reading for pleasure in order to learn a language is generally known as 'extensive reading'. It is very different from reading a textbook in which dialogues or texts are meant to be read in detail with the aim of understanding every word. That kind of reading to reach specific learning aims or do tasks is referred to as 'intensive reading'. To put it another way, the intensive reading in textbooks usually helps you with grammar rules and specific vocabulary, whereas reading stories extensively helps show you natural language in use.

While you may have started your language learning journey using only textbooks, *Short Stories in Spanish for Beginners* will now provide you with opportunities to learn more about natural Spanish language in use. Here are a few suggestions to keep in mind when reading the stories in this book in order to learn the most from them:

➤ **Enjoyment and a sense of achievement when reading is vitally important.** Enjoying what you read keeps you coming back for more. The best way to enjoy reading stories and feel a sense of achievement is by reading each story from beginning to end. Consequently, reaching the end of a story is the most important thing. It is actually more important than understanding every word in it!

➤ **The more you read, the more you learn.** By reading longer texts for enjoyment, you will quickly build up an innate understanding of how Spanish works. But remember: In order to take full advantage of the benefits of extensive reading, you have to actually read a large enough volume in the first place! Reading a couple of pages here and there may teach you a few new words, but won't be enough to make a real impact on the overall level of your Spanish.

➤ **You must accept that you won't understand everything you read in a story.** This is probably the most important point of all! Always remember that it is completely normal that you do not understand all the words or sentences. It doesn't mean that your language level is flawed or that you are not doing well. It means you're engaged in the process of learning. So, what should you do when you don't understand a word? Here are a few steps:

1. Look at the word and see if it is familiar in any way. Remember to look for vocabulary elements from your first language that may be familiar. Take a guess – you might surprise yourself!
2. Re-read the sentence that contains the unknown word several times. Use the context of that sentence, and the rest of the story, to try to guess what the unknown word might mean.
3. Think about whether or not the word might be a different form of a word you know. For example, you might encounter a verb that you know, but it has been conjugated in a different or unfamiliar way:

hablar – to speak
habló – he spoke
han hablado – they have spoken

You may not be familiar with the particular form used, but ask yourself: *Can I still understand the gist of what's going on?* Usually, if you have managed to recognise the main verb, that is enough. Instead of getting frustrated, simply notice how the verb is being used, and carry on reading. Recognizing different forms of words will come intuitively over time.

4. Make a note of the unknown word in a notebook and check the meaning later. You can review these words over time to make them part of your active vocabulary. If you simply must know the meaning of a bolded word, you can look it up in the glossary list at the back of the book or use a dictionary. However, this should be your last resort.

These suggestions are designed to train you to handle reading in Spanish independently and without help. The more you can develop this skill, the better you'll be able to read. Remember: Learning to be comfortable with the ambiguity you may encounter while reading a foreign language is the most powerful skill that will help you become an independent and resilient learner of Spanish!

The Six-Step Reading Process

In order to get the most from reading *Short Stories in Spanish for Beginners*, it will be best for you to follow this simple six-step reading process for each chapter of the stories:

① Look at the illustration and read the chapter title. Think about what the story might be about. Then read the chapter all the way through. Your aim is simply to reach the end of the chapter. Therefore, *do not stop to look up words and do not worry if there are things you do not understand*. Simply try to follow the plot.

② When you reach the end of the chapter, read the short summary of the plot to see if you have understood what has happened. If you find this difficult, do not worry. You will improve with each chapter.

③ Go back and read the same chapter again. If you like, you can focus more on story details than before, but otherwise simply read it through one more time.

④ When you reach the end of the chapter for the second time, read the summary again and review the vocabulary list. If you are unsure about the meanings of any words in the vocabulary list, scan through the text to find them in the story and examine them in context. This will help you better understand the words.

⑤ Next, work through the comprehension questions to check your understanding of key events in the story. If you do not get them all correct, do not worry, simply answering the questions will help you better understand the story.

⑥ At this point, you should have some understanding of the main events of the chapter. If not, you may wish to re-read the chapter a few times using the vocabulary list to check unknown words and phrases until you feel confident. Once you are ready and confident that you understand what has happened – whether it's after one reading of the chapter or several – move on to the next chapter and continue enjoying the story at your own pace, just as you would any other book.

Only once you have completed a story in its entirety should you consider going back and studying the story language in more depth if you wish. Or instead of worrying about understanding everything, take time to focus on all that you *have* understood and congratulate yourself for all that you have done so far! Remember: The biggest benefits you will derive from this book will come from reading story after story through from beginning to end. If you can do that, you will be on your way to reading effectively in Spanish!

La Paella Loca

Capítulo 1 – El avión

–¡Daniel, ven aquí! –me dice Julia desde la puerta de la casa.

–¿Qué quieres, Julia? –le respondo.

–Hoy viajamos a España. ¿Lo sabes, verdad?

–Claro que lo sé. Estoy preparando la **mochila**.

Mi nombre es Daniel. Tengo 24 años. Julia es mi hermana y vivimos en **la misma** casa en Londres. Ella tiene 23 años. Vivimos con nuestros padres, Arthur y Clara. Estamos preparando nuestro viaje a España. Somos **estudiantes de intercambio**. Estamos aprendiendo español y ya sabemos mucho.

Soy alto, mido 1,87 metros y tengo el pelo castaño y un poco largo. Tengo los ojos verdes y la boca **ancha**. Mi cuerpo es atlético porque hago mucho ejercicio. Mis piernas son fuertes porque salgo a correr cada mañana.

Mi hermana Julia también tiene el pelo castaño, pero es más largo que el mío. Ella no tiene los ojos verdes, tiene los ojos marrones, **igual que** mi padre. Yo tengo el mismo color de ojos que mi madre.

Mi padre, Arthur, es electricista y trabaja en una **empresa** muy grande. Mi madre, Clara, es empresaria y tiene una empresa que vende libros de ciencia ficción. Mis padres saben español. Nos hablan en español para practicar.

Mi padre entra en mi habitación y me mira **sorprendido**. ¿Por qué? Porque **aún no estoy vestido**.
    –¡Daniel! ¿Por qué no te vistes?
    –**Acabo de** despertarme. Me he duchado hace cinco minutos y todavía no me he secado.
    –Date prisa. Queremos llevaros al aeropuerto. Tengo que ir a trabajar y tengo poco tiempo.
    –No te preocupes, papá. Ahora me visto.
    –¿Dónde está tu hermana?
    –Está en su habitación.

Mi padre va a la habitación de mi hermana para hablar con ella. Julia lo mira.
    –Hola, papá. ¿Quieres algo?
    –Sí, Julia. Tu hermano va a vestirse ahora. **Quiero que llevéis esto**.
    Mi padre le enseña un **sobre** que contiene billetes. Julia **se sorprende** mucho.
    –¡Aquí hay mucho dinero! –dice ella.
    –Tu madre y yo **hemos estado ahorrando** mucho. Queremos **daros** una pequeña parte para el viaje a España.
    –Gracias, papá. Se lo voy a decir a Daniel.

Julia y mi padre salen al pasillo. Mi padre me mira y dice:
    –¡Ah, Daniel! ¡Estás aquí! ¡Y ya te has vestido! Mira. Este dinero es para vuestro viaje.

–Gracias, papá. Nos vendrá muy bien.

–Ahora, vuestra madre y yo os vamos a llevar en coche al aeropuerto. ¡Venid!

Pocos minutos más tarde y después de desayunar, salimos de casa y vamos hacia el aeropuerto en el coche de mi madre. Julia está muy nerviosa.

–Julia, **cariño** –le dice mi madre–, ¿estás bien?

–Estoy muy nerviosa –le responde.

–¿Por qué?

–No conozco a nadie en España. Solo conozco a Daniel.

–No te preocupes, seguro que en Barcelona hay gente muy agradable y simpática. Especialmente Armando, el amigo de Daniel.

–Sí, mamá. Estoy segura de eso, pero estoy impaciente.

En el aeropuerto hay **colas** muy grandes. Hay mucha gente de diferentes partes de Inglaterra **facturando** para sus vuelos. Muchos viajan por trabajo, algunos van de vacaciones. **Me acerco** a Julia y le digo:

–¿Ya estás más relajada?

–Sí, Daniel. En el coche me puse muy nerviosa.

–Sí, es cierto. Pero todo irá bien. Armando, mi amigo de Barcelona, es muy agradable. A menudo ayuda a los estudiantes de intercambio como nosotros.

Nuestros padres nos abrazan con **ternura**. **Nos despedimos** diciendo adiós con la mano mientras pasamos por el control de seguridad.

–¡Os queremos, hijos!

Esto es lo último que oímos. Una hora más tarde el avión **despega** rumbo a Barcelona.

Anexo del capítulo 1

Resumen

Daniel y Julia son dos estudiantes que viven en Londres. Son hermanos. Los dos jóvenes van a hacer un viaje a España. Hablan español y lo practican con sus padres. Sus padres los llevan al aeropuerto. Julia está muy nerviosa antes de tomar el avión rumbo a Barcelona, pero al final está tranquila.

Vocabulario

la mochila rucksack

la misma the same

el/la estudiante de intercambio exchange student

ancho/-a wide

igual que just like

la empresa company, business

sorprendido/-a (adj); sorprenderse (v) surprised; to get surprised

aún no estoy vestido/-a I'm not yet dressed

acabo de I've just

Quiero que llevéis esto. I want you to take this.

el sobre envelope

estar ahorrando to be saving (money)

dar to give

cariño darling, dear, honey, love

la cola (del aeropuerto, del cine, etc.) queue

facturar to check in

acercarse to get close

la ternura tenderness, affection

despedirse to say goodbye

despegar to take off

Preguntas de elección múltiple

Seleccione una única respuesta para cada pregunta.

1) Los hermanos Daniel y Julia viven en ___.
   a. la misma casa en Londres
   b. diferentes casas en Londres
   c. la misma casa en Barcelona
   d. diferentes casas en Barcelona

2) Sus padres ___.
   a. hablan español, pero no lo practican con sus hijos
   b. hablan español y lo practican con sus hijos
   c. no hablan español
   d. no se sabe si hablan español

3) Arthur, el padre, les da un regalo para el viaje. ¿Qué es?
   a. un coche
   b. un libro de fantasía
   c. un libro de ciencia ficción
   d. dinero

4) En el viaje al aeropuerto, Julia está ___.
   a. triste
   b. contenta
   c. nerviosa
   d. asustada

5) En la cola del aeropuerto ___.
   a. hay mucha gente joven
   b. hay mucha gente de negocios
   c. hay muy poca gente
   d. hay muchos niños

Capítulo 2 – España

El avión **aterriza** en Barcelona y mi amigo nos espera a la salida del aeropuerto. Me da un fuerte abrazo.

–¡Hola, Daniel! ¡Qué alegría que estés aquí!

–¡Hola, Armando! **¡Me alegro de verte!**

Mi amigo Armando mira a mi hermana Julia con curiosidad.

–Armando, te presento a mi hermana Julia.

Armando se acerca a Julia y la saluda.

–Hola Julia. ¡Encantado de conocerte!

Mi hermana es tímida. Siempre es tímida cuando conoce a gente nueva.

–Hola… Armando.

–Tu hermana es muy tímida, ¿verdad? –me dice Armando con cara **sonriente**.

–Sí que lo es, pero es muy simpática.

Minutos después, viajamos en taxi hacia el apartamento de Armando. El taxi cuesta 40,50 € desde el aeropuerto hasta el centro de Barcelona. Es junio y hace mucho calor. El clima de España siempre es muy **caluroso** en la zona del Mediterráneo.

Llegamos al apartamento a la hora de comer. Armando nos ayuda con las mochilas. Mi hermana y yo tenemos mucha hambre.

–Armando, tenemos mucha hambre. ¿Dónde podemos comer?

–Hay dos restaurantes cerca de aquí.

–¿Qué comida sirven?

–En uno de los restaurantes, La Paella Loca, sirven paellas muy **ricas** y en el otro hay pescado fresco y delicioso.

–Julia, ¿quieres ir a comer paella? –le pregunto a mi hermana.

–Claro, Daniel. Tengo mucha hambre.

Mi amigo Armando se queda en el apartamento. Tiene que ir a una clase. Julia y yo vamos hacia el restaurante de paellas.

–Hummm..., ¿qué autobús lleva al restaurante de paellas? –le pregunto a Julia.

–No lo sé. Tenemos que preguntar a alguien.

–Mira allí, el señor de la camisa blanca. Vamos a preguntarle.

Nos acercamos al señor de la camisa blanca y le saludamos. Él nos responde amablemente.

–¡Hola, chicos! **¿En qué os puedo ayudar?**

–¿Cómo podemos ir al restaurante La Paella Loca?

–¡Eso es fácil! Aquí mismo para el autobús 35. Ese autobús os lleva directamente a la calle de La Paella Loca, **aunque** hay un problema.

–¿Qué problema hay?

–Ese autobús normalmente va muy **lleno**.

Julia y yo hablamos sobre el autobús para ir al restaurante. Ella parece preocupada.

–Daniel, el restaurante de paellas puede estar bien, pero quizás podemos comer en el restaurante de pescado. No quiero ir en un autobús lleno de gente.

–Tengo una idea, Julia. Yo tomo el autobús 35 para ir al restaurante La Paella Loca. Tú puedes ir andando al restaurante donde sirven pescado.

–¿Por qué quieres hacer eso?

–Porque así podemos comparar los dos restaurantes.

–Vale. ¡Buena idea! ¡Te llamo por el móvil!

Tomo el siguiente autobús. Estoy muy cansado, así que me duermo pronto. Me despierto un poco más tarde. El autobús está parado y no hay nadie en él **salvo** el conductor.

–Disculpe –le digo al conductor–, ¿dónde estamos?

–Hemos llegado a Badalona.

–¿Cómo? ¿Estamos en Badalona? ¡Oh, no! ¿Cómo es posible?

Saco el móvil del bolsillo e intento llamar a mi hermana. ¡Vaya! Mi móvil no tiene batería. ¡No puedo **encenderlo**! Salgo del autobús. Estoy en Badalona. ¡Badalona está muy lejos! No me lo puedo creer. Me he dormido en el autobús y me ha llevado hasta Badalona. ¿Qué hago ahora?

Paseo por las calles de Badalona. Busco una **cabina telefónica**. Le pregunto a una señora:

–Disculpe, señora. ¿Dónde puedo encontrar una cabina telefónica?

–**A la vuelta de la esquina** tiene usted una, jovencito.

–Muchas gracias. **Que tenga un buen día.**
–De nada. Buenas tardes.

Son las cinco de la tarde y mi hermana no sabe dónde estoy. ¡Seguro que está muy preocupada! Entro en la cabina telefónica. ¡Oh, no! ¡No **recuerdo** el número de teléfono de Julia! ¿Qué voy a hacer? ¡Tengo teléfono, pero no tengo su número! Voy a buscar un restaurante. Tengo mucha hambre. Luego pienso qué voy a hacer.

Entro en un restaurante barato y el camarero se acerca.
–¡Buenas tardes!
–¡Buenas tardes!
–¿Qué desea?
–Miro rápidamente la carta:
–Me gustaría… ¿Paella? –le digo al camarero en español.
–¿Disculpe? No le he entendido bien, joven.
Me empiezo a reír muy alto y me mira mucha gente en el restaurante. No me importa. **Señalo** la palabra *paella* en la carta. El camarero me entiende. Finalmente puedo comer.
Al acabar de comer, siento **vergüenza**. No debería haberme reído tan alto, pero es una situación extraña. Queríamos comer paella y aquí estoy, comiendo paella en Badalona y mi hermana no sabe dónde estoy. ¡Es tan irónico! ¿Qué puedo hacer ahora? No tengo el número de mi hermana... ¡Ya sé! ¡Voy a llamar a Londres!

Vuelvo a la cabina telefónica y marco el número de teléfono de nuestra casa en Londres. Suena cuatro veces y por fin, responde mi madre.
–¡Hola, cariño! ¿Cómo estás? ¿Qué tal en Barcelona?

–Hola, mamá. Tengo un problema.

–¿Qué pasa, hijo? ¿Ha pasado algo malo?

–No es eso, mamá. Por favor, llama a Julia y dile que estoy en Badalona y que no tengo batería en el móvil.

–¡En Badalona! ¿Qué haces tú en Badalona?

–Es una larga historia, mamá.

Decido ir a dormir a un hotel. Puedo regresar a Barcelona mañana. Encuentro un hotel, pago la estancia de una noche y entro en mi habitación. Me desvisto y me acuesto. **Apago la luz** y me duermo. **¡Menudo día de locos!**

Anexo del capítulo 2

Resumen

Daniel y Julia llegan a Barcelona. Allí los recibe Armando, un amigo de Daniel. Los tres van juntos al apartamento donde vive Armando. Los hermanos le preguntan dónde pueden comer porque tienen hambre. Después de dormirse en el autobús, Daniel se despierta en Badalona. No tiene batería en el móvil y tiene que pasar la noche en un hotel.

Vocabulario

aterrizar to land

¡Me alegro de verte! It's good to see you!

sonriente smiling

caluroso/-a hot

rico/-a delicious

¿En qué os puedo ayudar? How can I help you?

aunque although

lleno/-a full

salvo except (for)

encender to turn on

pasear to walk, to go for a walk

la cabina telefónica phone booth

a la vuelta de la esquina around the corner

Que tenga un buen día. Have a nice day.

recordar to remember

señalar to indicate

la vergüenza shame

apago la luz I switch off the lights

¡Menudo día de locos! What a crazy day!

Preguntas de elección múltiple

Seleccione una única respuesta para cada pregunta.

6) Armando es ___.
   a. un trabajador del aeropuerto
   b. un amigo de los padres de Julia y Daniel
   c. un amigo de Julia
   d. un amigo de Daniel

7) En Barcelona ___.
   a. hace frío
   b. hace calor
   c. no hace ni frío ni calor
   d. no se sabe si hace frío o calor

8) Después del aeropuerto, los tres jóvenes van hacia ___.
   a. un restaurante
   b. el apartamento de Armando
   c. el apartamento de Daniel
   d. Badalona

9) Daniel no puede llamar a su hermana porque ___.
   a. no tiene batería en el móvil
   b. no tiene dinero
   c. no encuentra una cabina telefónica
   d. olvidó su móvil

10) Daniel duerme por la noche ___.
   a. en un hotel de Barcelona
   b. en el autobús
   c. en un hotel de Badalona
   d. en un hostal

Capítulo 3 – La carretera

Me despierto y me ducho. Me visto. **Pido** el desayuno en la habitación y me lo como con tranquilidad. Salgo de mi habitación y veo la hora en un reloj del pasillo. Son las diez de la mañana. Antes de salir del hotel, me pregunto si mi madre ha hablado con Julia. Mi hermana es una persona muy nerviosa. Espero que esté bien.

Cuando salgo del hotel, veo en la calle a dos **trabajadores** llevando cajas a un camión. En el camión hay un dibujo con el nombre de la compañía. Me echo a reír muy alto, como en el restaurante. Pero **me doy cuenta** pronto y **me callo** para que nadie me oiga. El dibujo del camión es de la compañía "La Paella Loca".

Me acerco a uno de los trabajadores para hablar con él.
–Hola –me dice.
–Buenos días, señor –le respondo.
–¿Qué desea?
–¿Trabaja usted en un restaurante en Barcelona?
–No, yo trabajo de **transportista**.
–¿Conoce usted el restaurante?
–Sí, cada semana llevamos arroz para las paellas, pero no trabajo allí.

El transportista entra en el camión y yo me quedo pensando. ¿Cómo puedo volver a Barcelona? Necesito una solución. Tengo que volver al apartamento de Armando. Julia me está esperando. ¡Tengo una idea!

–¡Señor, disculpe! –le digo al transportista.

–Dime, jovencito.

–¿Podría usted llevarme hasta Barcelona?

–¿Ahora?

–Sí.

El transportista duda, hasta que finalmente me responde.

–Vale, puedes entrar en la parte trasera del camión, entre las cajas de arroz. Pero **no se lo digas a nadie**.

–¡Gracias!

–De nada, chico. Rápido, por favor. Tenemos que salir ya. ¡No quiero llegar tarde!

Entro en la parte trasera del camión y me siento entre dos cajas de arroz. El camión **arranca** y sale rumbo a Barcelona. No veo nada. Solo oigo el **motor** del camión y los coches en la carretera. ¡Algo se mueve! Entre las cajas de arroz hay una persona.

–¿Hola? –digo.

Silencio.

–**¿Hay alguien ahí?**

Silencio otra vez. Pero yo sé que hay una persona entre las cajas. Me levanto y ando hasta allí. ¡Qué sorpresa! ¡Es un hombre mayor! Me recuerda a mi abuelo.

–¿Quién es usted, señor?

–¡**Déjame en paz**, chico!

–¿Qué hace aquí?

–Viajo hacia Barcelona.

–¿Sabe el transportista que está usted aquí?

–No lo sabe. Entré en el camión mientras tú hablabas con él.

El transportista **detiene** el camión y se baja. El hombre mayor me mira preocupado.

–¿Por qué ha parado?

–No lo sé.

Se oye ruido en la puerta trasera del camión.

–¡Tengo que **esconderme**! –dice el hombre.

El transportista entra en el camión y me ve solo a mí. El hombre mayor está escondido entre las cajas.

–¿Qué pasa aquí? –me pregunta.

–No pasa nada.

–¿Con quién hablabas?

–¿Yo? Con nadie. Estoy solo aquí. ¿No lo ve?

–**Aún** no hemos llegado, chico. **No hagas ruido.** No quiero problemas.

–Entendido.

El transportista cierra la puerta trasera del camión y vuelve al **volante**. En ese momento, el hombre mayor sale de entre las cajas y me mira con cara sonriente.

–¡**Menos mal**! ¡No me ha visto! –me dice.

–Dígame, señor. ¿Por qué viaja usted de Badalona a Barcelona?

–¿Quieres saberlo?

–Sí, por supuesto.

–Te contaré una pequeña historia.

–**Adelante**, por favor.

El hombre mayor me cuenta su historia:

–Yo tengo un hijo. No lo conozco. Hace muchos años, su madre y yo estuvimos juntos, pero yo me fui a trabajar a otro país. **Hace poco tiempo me enteré** de donde están.

–¿En Barcelona?

–Eso es.

–¿Qué edad tiene su hijo, señor?

–Tiene 24 años.

–¡La misma que yo!

El hombre viejo ríe.

–¡Qué curioso!

–Sí que lo es.

Después de unos minutos de silencio, me levanto para **estirar las piernas** y le pregunto al hombre:

–¿Cómo se llama su hijo?

–Se llama Armando. Vive en un apartamento alquilado en Barcelona. Vive cerca del restaurante La Paella Loca. Por eso viajo en este camión.

¡La Paella Loca! El hombre del camión es el padre de mi amigo Armando. ¡No me lo puedo creer!

Anexo del capítulo 3

Resumen

Daniel se despierta en el hotel. Al salir del hotel, ve a un transportista y un camión del restaurante La Paella Loca. Le pide al transportista que lo lleve dentro del camión a Barcelona. El transportista le dice que sí y dentro del camión se encuentra a un hombre mayor. Él también va a Barcelona porque quiere encontrar a su hijo, Armando. El hombre es el padre de Armando, el amigo de Daniel.

Vocabulario

pedir to ask (for)

el/la trabajador/(a) worker, employee

darse cuenta to realize

callarse to keep quiet

el/la transportista driver, road haulier

no se lo digas a nadie don't tell anyone

arrancar to start (a vehicle)

el motor engine

¿Hay alguien ahí? Is anyone there?

déjame en paz leave me alone

detener to stop

esconderse to hide

aún yet

No hagas ruido. Don't make noise.

el volante wheel

¡Menos mal! Thank goodness!

adelante to go ahead

hace poco tiempo recently

enterarse to find out

estirar las piernas to stretch my legs

Preguntas de elección múltiple

Seleccione una única respuesta para cada pregunta.

11) Daniel sale de su habitación a las ___.
    a. 10:15
    b. 10:00
    c. 11:00
    d. 12:15

12) El transportista del camión ___.
    a. trabaja en el hotel
    b. trabaja en el restaurante La Paella Loca
    c. trabaja solo de transportista
    d. trabaja para otro restaurante

13) Dentro del camión, Daniel se encuentra a ___.
    a. un hombre joven
    b. una mujer joven
    c. un transportista diferente
    d. un hombre mayor

14) La persona del camión viaja porque ___.
    a. quiere trabajar en La Paella Loca
    b. quiere trabajar de transportista
    c. va a visitar a su padre
    d. va a visitar a su hijo

15) El hijo del hombre se llama ___.
    a. Daniel
    b. Armando
    c. Julia
    d. Arthur

Capítulo 4 – El regreso

El camión llega a Barcelona. El transportista detiene el motor y salimos por la parte trasera. El hombre mayor se esconde entre la gente y, entonces, le doy las gracias:

–Gracias por el viaje.

–De nada, chico. ¡Pasa un buen día!

Vemos el restaurante La Paella Loca. Entramos y no hay nadie dentro. Son las 5 de la tarde y aún es muy pronto para la cena.

Le pregunto al padre de Armando:

–¿Qué hacemos?

Y él me responde:

–Yo no tengo hambre. Vamos hacia el apartamento de mi hijo.

El hombre tiene la dirección de Armando. Tomamos el autobús 53 en silencio. Después andamos hacia el apartamento de Armando. El hombre no sabe que Armando es mi amigo. Armando me ha hablado de su padre, pero **muy pocas veces**. Yo sé que nunca se han visto en persona. No sé si decirle al hombre que conozco a Armando. Mejor no. Quiero que sea una gran sorpresa.

Llegamos al apartamento y entramos en el **portal**. Allí, la **portera** nos dice:

–¡Buenas tardes!

–Hola –le **respond**emos.

El hombre mayor se acerca a la portera. Quiere **averiguar** el número de piso de Armando.

–**Déjamelo a mí** –le digo.

Subimos en el ascensor hasta la tercera planta y salimos. Andamos hacia la puerta del apartamento.

–Es aquí –le digo al hombre.

–¡Por fin! ¿Cómo sabes que este es el apartamento?

Finalmente se le explico. Le digo que conozco a Armando desde hace muchos años. Fue la suerte o el destino lo que hizo que viajáramos en el mismo camión. Al principio, él no se lo puede creer. Después, acepta que el destino lo ha traído hasta aquí. Está impaciente por ver a su hijo.

Llamamos al **timbre,** pero no responde nadie.

–¿Julia? ¿Armando? ¿Hay alguien?

No responde nadie. Le explico que mi hermana y yo nos estamos quedando en el apartamento. Añado que Armando y Julia deberían volver pronto. Saco mi **llave** y abro la puerta.

El hombre me pregunta:

–¿Dónde están?

–No lo sé.

Entro en la habitación de Armando y abro mi mochila. En la mochila tengo mi **cargador** del móvil. Mi móvil se carga durante 15 minutos, y por fin puedo llamar a mi hermana. El teléfono **suena** tres veces y Julia responde:

–¡Daniel! ¡Por fin! **¡Estaba muy preocupada!**

–Hola, hermana. Estoy bien. Estoy con un señor en el apartamento de Armando.

–¿Un señor?

–Sí, es una larga historia. Ven al apartamento, Julia. ¿Dónde estás?

–Hablé con mamá esta mañana. Me dijo lo que ocurrió. ¡Armando y yo estuvimos esperando por ti toda la noche! Hemos salido a comer. Ahora volvemos a casa.

–Os esperamos aquí.

Media hora después, Armando y Julia entran en el apartamento.

–¡Hola, Daniel! **¡Qué alegría verte!** –dice Armando.

–¿Quién es usted? –le dice Armando al hombre.

Antes de que él responda, yo le digo:

–Verás, Armando. Tengo algo importante que contarte.

–¿Qué es lo que ocurre?

–Armando, este es tu padre.

Armando se sorprende muchísimo.

–¿Mi padre? ¡No es posible!

El hombre mayor le habla:

–¿Tú eres Armando?

–Sí, soy yo. ¡No es posible que usted sea mi padre!

–Me llamo Antonio Sotomonte. Sí, soy tu padre.

Armando se da cuenta de que es **verdaderamente** su padre y lo abraza. Por fin se conocen **después de tantos años**. Antonio ha estado fuera de casa **durante toda su vida**. No saben qué hacer. Finalmente, Armando sonríe y dice:

–**¡Esto habría que celebrarlo!**

–**¡Estoy de acuerdo!** –dice su padre Antonio.

–¿Vamos a La Paella Loca? –dice Julia.

Yo respondo:

–¡No quiero paella! ¡No quiero comerla nunca más! ¡Ni quiero acercarme a ese restaurante! ¡Ni quiero viajar en autobús durante un tiempo! ¡Quiero una pizza!

Todos comienzan a reír y, finalmente, yo me río también.

–¡Qué día más loco! –les digo.

–Sí –responde Antonio. ¡Un día verdaderamente loco!

Anexo del capítulo 4

Resumen

El hombre mayor y Daniel llegan a Barcelona. Salen del camión y entran en el restaurante La Paella Loca, pero no hay nadie porque es muy pronto. Caminan hasta el apartamento, entran en la habitación de Armando y tampoco hay nadie. Daniel carga su móvil y llama a Julia. Ella ha salido con Armando. Los dos regresan al apartamento. Daniel le presenta a Armando a su padre. Deciden celebrarlo con una cena. Daniel no quiere comer paella, quiere comer pizza.

Vocabulario

muy pocas veces rarely
el portal entrance hall
el/la portero/-a caretaker, doorman
averiguar to find out
Déjamelo a mí. Leave it to me.
subir en el ascensor to take the lift
el timbre bell
la llave key
el cargador charger
sonar to ring
¡Estaba muy preocupado/-a! I was so/very worried!
¡Qué alegría verte! How nice to see you!
verdaderamente truly, really
después de tantos años after so many years
durante toda su vida throughout his life
¡Esto habría que celebrarlo! It should be celebrated!
¡Estoy de acuerdo de acuerdo! I agree!

Preguntas de elección múltiple

Seleccione una única respuesta para cada pregunta.

16) El hombre mayor y Daniel van primero ___.
   - a. al apartamento de Armando
   - b. a una cabina telefónica
   - c. al restaurante La Paella Loca
   - d. al aeropuerto

17) Cuando llegan al apartamento de Armando, ___.
   - a. están allí Julia y Armando
   - b. está solo Julia
   - c. está solo Armando
   - d. no hay nadie

18) Lo primero que hace Daniel es ___.
   - a. cargar la batería de su móvil
   - b. preparar la cena
   - c. llamar a Armando
   - d. llamar a sus padres

19) Después, Daniel llama ___.
   - a. a sus padres
   - b. a Armando
   - c. a Julia
   - d. al transportista

20) Para celebrar el encuentro, Julia quiere ir ___.
   - a. a La Paella Loca
   - b. al restaurante de pescado
   - c. a Londres
   - d. a Valencia

La criatura

Capítulo 1 – La excursión

El lago de Sanabria es un lago bien conocido en la provincia española de Zamora. Algunas familias van en coche hasta allí y van a cenar. Otras familias van a tomar fotos o van para quedarse allí en el verano. Muchos senderistas van a caminar. Silvia es una de esos senderistas. Le encanta el **senderismo**. Cada fin de semana, **empaca** su mochila, su botella de agua y su ropa de senderismo y camina hacia el **lago**.

El lago está situado en una región con un clima muy suave. En invierno llueve bastante. A menudo está **nublado** y los veranos no son demasiado calurosos. Las temperaturas son suaves. Por eso, Silvia suele ir de excursión en junio y julio. Caminar en esa época del año es un placer porque el clima es muy agradable.

A Jorge, un buen amigo de Silvia, también le gusta caminar y hacer senderismo. A menudo acompaña a Silvia en sus excursiones. El fin de semana pasado decidieron ir a caminar por el lago de Sanabria. ¡Pero terminó siendo una aventura muy poco normal!

Silvia y Jorge **quedaron** al comienzo de la caminata. Estaban muy contentos de verse.

–¡Silvia! ¡Estoy aquí! –gritó Jorge.

–¡Ya te veo! –respondió Silvia.

–¡Voy hacia allí!

Silvia **se paró** y esperó a Jorge. Jorge corrió hacia Silvia.

–Jorge, no corras tanto. Te vas a cansar.

–No te preocupes, tengo una **bebida energética** para el camino.

Los dos amigos empezaron la caminata. Después de varios kilómetros llegaron a un **cruce.**

–Jorge, ¿por qué camino vamos? ¿El de la izquierda o el de la derecha?

–Yo prefiero el camino de la izquierda.

–Pues yo prefiero el camino de la derecha.

–¿Por qué, Silvia?

–Hay una leyenda sobre el camino de la izquierda. Dicen que allí han visto a una criatura grande y **peluda** muchas veces.

–¿Te crees esas historias?

–Hum… No sé. Supongo que podríamos ir por ese camino –contestó Silvia.

–Está bien, Silvia. ¡Vamos!

Los dos se dirigieron por el camino izquierdo.

Una hora después, caminaban por un camino estrecho, rodeado de árboles y el sol **apenas** se veía en el cielo.

Silvia le preguntó a Jorge:

–¿Tú crees que hay criaturas extrañas en los bosques?

–Yo no lo creo.

–¿Por qué?

–Nunca he visto ninguna criatura. ¿Tú sí?

–No en este bosque.

Los dos continuaron caminando.

Varios kilómetros después, los dos amigos seguían andando entre árboles y caminos. Sus pasos les habían llevado hasta el lago, donde había una casa. Era una casa vieja de **madera**.

–Mira allí, Jorge.

–¿Dónde?

–¡Allí! Hay una casa de madera.

–¡Ah, sí! ¡Ya la veo! ¿Vamos?

–¿Y si hay alguien?

–No tengas miedo, Silvia. Seguro que no hay nadie.

La pareja anduvo hacia la casa y antes de entrar, exploraron alrededor.

Silvia dijo:

–Esta casa parece que fue construida hace muchísimo tiempo.

–Sí, Silvia. Mira el estado de las ventanas y de la madera. Están muy viejas. ¡Ven aquí!

Allí, en e lago, también había una pequeña **barca**. Era tan fea como la casa. Era una barca vieja de madera. **Se balanceaba** suavemente en el agua de la **orilla**.

–Silvia, ¿montamos en la barca?

–**¿Estás bromeando?**¿Para qué?

–Podemos ir hacia el centro del lago.

–No sé…

–¡Vamos! ¡Será divertido! ¡Lo vamos a pasar genial!

Silvia y Jorge montaron en la barca con sus mochilas. La barca era muy vieja. La madera estaba un poco rota. Había dos **remos**. Usaron los remos para llegar al centro del lago.

Silvia le dijo a Jorge:

–¡Qué bien se está aquí, Jorge!

–Sí, es verdad. Aunque haya muchos árboles, podemos ver el sol perfectamente desde aquí.

–Sí. ¿Quieres **comer algo**?

–¡Claro, Silvia! ¿Qué has traído?

Silvia sacó de su mochila un paquete de galletas y un sándwich de jamón york. Jorge sacó las bebidas energéticas.

–¿Qué quieres?

–El sándwich **tiene buena pinta.**

–Yo no lo quiero, así que para ti, Jorge.

–¡Gracias!

Comieron con tranquilidad mientras la barca se mantenía en medio del lago. **De repente**, oyeron un ruido que venía de la casa:

–¿Has oído eso? –le dijo Jorge a Silvia.

–Sí, lo he oído –le respondió Silvia con cara asustada.

–Creo que viene de la casa.

–Yo también lo creo. ¡Vamos!

Silvia miró con sorpresa a Jorge.

–¿Estás bromeando?

–No. ¡Vamos!

Jorge y Silvia comenzaron a remar sin descanso hasta que llegaron a la orilla. Se pusieron las mochilas y anduvieron despacio hasta la vieja casa de madera.

–Silvia, quiero entrar en la casa.

–¿Estás bromeando? ¿Por qué? ¿No se supone que íbamos a hacer senderismo, fuera, al aire libre, no en una casa?

–Sí, pero en los bosques te puedes encontrar muchas cosas interesantes y puedes explorarlas.

–No estoy segura.

–Entremos en la casa. ¡Vamos!

Poco después, la pareja abrió la puerta de la casa y entró. Dentro estaba todo muy sucio y abandonado. Parecía una casa deshabitada desde hacía muchos años. Ahora no había más que **polvo**.

–Silvia, mira esto.

–¿El qué?

–Aquí, al lado de la ventana.

Silvia miró. En el suelo, entre el polvo, había unas **huellas** muy grandes.

–¿De qué crees que pueden ser estas huellas?

–Yo creo que son las huellas de un **oso** –dijo Silvia.

–¿De un oso, Silvia? ¡No hay osos por aquí cerca! Los osos que hay más cerca de aquí están en otro monte a muchos kilómetros.

–Entonces no sé de qué pueden ser. ¡Vámonos de aquí, Jorge!

De repente, un ruido en la cocina los sorprendió y vieron a una figura muy grande y peluda salir por la puerta trasera **rompiéndolo** todo. La criatura **gruñía** y corría muy rápido. La pareja se quedó paralizada hasta que la criatura **se perdió de vista** en el bosque.

Silvia no podía hablar.

–¿Qué fue eso? –dijo Jorge.

Anexo del capítulo 1

Resumen

Silvia y Jorge fueron de excursión al lago de Sanabria. Llevaban mochilas con bebidas energéticas y comida. Caminaron por el bosque hasta llegar al lago. Allí se encontraron una casa vieja y una barca. Remaron un poco en el lago y comieron tranquilamente. De repente, oyeron un ruido que venía de la casa y volvieron a la orilla. Entraron y vieron una gran criatura peluda. La criatura salió corriendo de la casa y se fue hacia el bosque.

Vocabulario

el senderismo hiking

empacar to pack

el lago lake

nublado/-a cloudy

quedar to meet up

pararse to stop

la bebida energética energy drink

el cruce crossroads

peludo/-a furry

apenas hardly

la madera wood

la barca small boat

balancearse to rock

la orilla shore of the lake

¿Estás bromeando? Are you joking?

el remo row

comer algo to have a snack

tiene buena pinta it looks good

de repente suddenly

el polvo dust

la huella footprint
el/la oso/-a bear
romper to break
gruñir to growl
se perdió de vista was no longer in sight

Preguntas de elección múltiple

Seleccione una única respuesta para cada pregunta.

1) Silvia y Jorge están en ___.
   a. Madrid
   b. Granada
   c. la provincia de Zamora
   d. Asturias

2) Los amigos van de excursión hacia ___.
   a. un lago
   b. un valle
   c. un pueblo pequeño
   d. una ciudad

3) Mientras andan por un camino, se encuentran ___.
   a. un pueblo
   b. una ciudad
   c. una tienda
   d. una casa

4) Al ver la barca del lago, ___.
   a. se sientan en ella
   b. se duermen en ella
   c. la usan para calentarse
   d. la usan para ir al centro del lago

5) Al final del capítulo, oyen un ruido en ___.
   a. la barca
   b. la cocina
   c. la sala
   d. el bosque

Capítulo 2 – La búsqueda

–¿Has visto eso, Silvia?

–¡Sí! ¿Qué era eso?

–¡No lo sé! Pero era una criatura muy grande y fea.

–¡Sí! Muy grande y muy fea.

–¡Vamos a por ella!

–¿Estás bromeando? ¡Claro que no!

–¡Vamos! Estamos aquí para explorar. ¡Vamos a seguirla!

–¡Ay, Jorge! No sé yo…

Jorge y Silvia salieron de la casa vieja de madera y **siguieron** las huellas de la criatura en el bosque.

–Hay muchos árboles y distintos caminos –dijo Jorge–, **tenemos que separarnos**.

–¡Estás loco, Jorge! ¿Separarnos? ¡Hay una criatura muy fea y grande **suelta** y no sabemos lo que es!

–Lo sé, Silvia. Pero si podemos fotografiarla, quizás **salgamos en las noticias**.

–**¿Qué más da?**

–Yo quiero salir en las noticias.

–Qué tonto eres a veces, Jorge. **En fin**, vamos a separarnos.

Dos horas después, Silvia y Jorge todavía andaban por el bosque, en busca de la criatura. Pero no la habían encontrado.

Silvia no creía que la criatura fuese real. Quizás ella y Jorge se lo habían imaginado.

En cambio, Jorge seguía diciendo que era una criatura real.

–¡Vamos, Silvia! Quizás es un animal raro que vive en estos bosques. ¡Quizás no ha sido fotografiado antes! ¡Seguro que aparecemos en las noticias!

Y así, los dos siguieron caminando.

Estaba oscureciendo, y la criatura seguía sin aparecer. De repente, Jorge vio una **arboleda** espesa. Le dijo a Silvia que esperara. Quería ver si la criatura estaba dentro. Mientras entraba en la arboleda, le sonrió y le dijo adiós con la mano.

Silvia esperó a Jorge. ¡Pero no salía!

Esperó varios minutos. Jorge no aparecía. Luego esperó casi una hora. ¡Jorge seguía sin aparecer!

Miró su teléfono móvil. No había **cobertura**. No podía pedir ayuda. Y en ese momento, tenía miedo de entrar en la arboleda. ¡Pero no podía dejar a Jorge allí! Entonces pensó. ¡Tal vez él regresó a la casa! ¡Esto debe ser todo una broma!

Regresó a la casa vieja. Jorge no estaba allí.

Decidió esperar. Había una cama vieja en la habitación principal. Se sentó y tomó una galleta. Se la comió e intentó pensar. ¿Qué podría hacer ella? Mientras pensaba, sintió sueño. Había sido un día largo. «Tal vez debería seguir esperando a Jorge...» Fue su último pensamiento antes de **quedarse dormida.**

Silvia se despertó al día siguiente. Jorge no estaba. Empezó a preocuparse mucho por él, así que decidió salir de la casa y salir del bosque. Anduvo mucho, bajó por el camino por donde habían venido el día anterior y llegó a un pueblo.

El pueblo estaba muy animado. Todas las familias salían a trabajar, los niños jugaban y **corrían** para ir a clase, los coches arrancaban y olía a desayuno. Silvia intentó llamar otra vez por su móvil. Seguía sin haber cobertura.

Se acercó al restaurante más cercano.

Entró y vio que había mucha gente desayunando. Había gente de todas las edades. Familias enteras, familias jóvenes y grupos de **ancianos**. De repente, ella no sabía qué decir, ni tampoco qué preguntar. ¡Era una situación tan extraña!

Se acercó al camarero del restaurante y le dijo:

–Hola, señor.

–¡Hola, jovencita! ¿Qué desea?

–¿Puedo usar el teléfono del restaurante?

–Por supuesto que puede. Está en esa pared de allí.

–Gracias, ¿desea algo más?

–No, muchas gracias, señor.

Silvia se acercó al teléfono y marcó el número de Jorge. Quizás el problema era su móvil, pero no. El teléfono no dio ninguna señal. Se puso a pensar y decidió: llamaría a casa de Jorge.

El teléfono sonó una vez, dos veces, tres veces. **El contestador automático** saltó rápidamente. ¿Por qué nadie respondía?

Silvia no sabía qué estaba pasando. Jorge vivía con su hermano. Su hermano trabajaba en casa. Normalmente estaba en casa por las mañanas. Hoy no estaba. Llamó por segunda vez, pero no respondió nadie. Dejó un mensaje preguntando: «¿Dónde estás, Jorge?»

Entonces Silvia salió del restaurante y se sentó en un banco de la calle. Allí, se puso a pensar otra vez. Silvia era una mujer muy inteligente. No se ponía nerviosa cuando había un problema. **Pensaba detenidamente.**

Se levantó del banco y decidió: iría directamente a casa de Jorge. Quizás él tampoco había encontrado nada y había vuelto a su casa.

Volvió corriendo al restaurante y llamó a un taxi. Por fin llegó el taxi. El conductor empezó a hablar mientras se dirigían a casa de Jorge.

–¿Cómo te llamas? –dijo el taxista.

–Silvia, me llamo Silvia.

–¿Y qué haces, Silvia? ¿Vas a desayunar?

–No, voy a visitar a un amigo a su casa.

–¡Vaya! ¡Qué envidia! ¡Yo tengo que trabajar todo el día!

Silvia no dijo nada más. El taxista era un hombre muy amable y hablador, pero ella no quería hablar. Solo quería encontrar a Jorge. No creía que hubiese ninguna criatura extraña en el bosque, pero quería saber dónde estaba su amigo.

–Ya estamos, Silvia. Son 9,50 €.

–Tome, **quédese con la vuelta**.

–¡Gracias! ¡Que tengas un buen día!

–Usted también.

Silvia se bajó del taxi y anduvo hasta la casa de Jorge. La casa era muy grande y bonita. Tenía dos pisos, jardín y garaje propios. Estaba **ubicada** en un barrio muy hermoso y tranquilo, con casas grandes y tiendas que vendían fruta, pan y muchas otras cosas. El coche de Jorge estaba delante de la casa. ¿Estaría Jorge dentro? ¿Habría llamado a su familia?

–No lo entiendo. Si Jorge hubiese cogido el coche para volver a su casa, ¿por qué no tengo ningún mensaje en el móvil?

Silvia llamó a la puerta tres veces, pero nadie contestó.

Preocupada, fue hacia la casa de sus dos mejores amigas, Claudia y Verónica. Sus amigas tampoco estaban en casa. Intentó llamarlas. Sus móviles estaban apagados. Algo raro estaba pasando y no podía entenderlo. Sus amigas habían desaparecido.

Silvia no sabía qué hacer. No quería llamar a la policía. Sabía que Jorge estaba bien porque su coche estaba en casa. No tenía amigos cerca a quienes pedir ayuda. Decidió seguir con su búsqueda. ¡Ella misma tendría que encontrar a Jorge!

Pocos minutos después, cogió otro taxi y volvió al lago. Encontró un camino corto para llegar al bosque, cerca de la casa vieja de madera. Esta vez había algo diferente: ¡había luz dentro de la casa!

Anexo del capítulo 2

Resumen

Silvia y Jorge buscan a la criatura en el bosque. De repente, Jorge desaparece en una arboleda y Silvia no sabe dónde está. Ella vuelve a la casa para buscarlo. Jorge no está allí. Silvia se duerme esperándolo. Se despierta al día siguiente. Jorge sigue sin aparecer. Ella se preocupa y va a la casa de Jorge. Ve que Jorge ha llevado su coche a casa. Pero no puede encontrar ni a Jorge ni a sus amigas. Finalmente, Silvia regresa a la casa vieja. Quiere saber qué está ocurriendo.

Vocabulario

seguir to follow

tenemos que separarnos we have to split

suelto/-a free

salgamos en las noticias we'll appear on TV

¿Qué más da? Who cares?

en fin well (coloquial)

en cambio however

la arboleda ancient grove

la cobertura network coverage

quedarse dormido/-a to fall asleep

correr to run

el/la anciano/-a elder

el contestador automático answer phone

pensar detenidamente to think things through

quédese con la vuelta keep the change

ubicado/-a located

Preguntas de elección múltiple

Seleccione una única respuesta para cada pregunta.

6) Silvia cree que la criatura ___.
   a. es una broma
   b. no es real
   c. es Jorge
   d. es real, pero no está segura.

7) Jorge se encuentra con ___.
   a. un edificio de piedra
   b. un puente
   c. un coche
   d. una arboleda

8) Silvia duerme en ___.
   a. el bosque
   b. la barca del lago
   c. la cama de la casa
   d. el pueblo

9) Al despertarse, Silvia ___.
   a. va caminando a un pueblo
   b. va caminando hacia una arboleda
   c. llama a los padres de Jorge
   d. llama a sus padres

10) Al volver al lago, Silvia ve ___.
   a. la casa quemada
   b. luz en la casa
   c. a la criatura en la casa
   d. a Jorge en la casa

Capítulo 3 – La sorpresa

–¡Hay luz en la casa! –dijo Silvia– **¡No me lo puedo creer!**

Silvia bajó por el camino que llevaba hacia el lago y dejó su mochila al lado de un árbol. Se acercó a la casa. Era tarde, pero estaba segura de que había visto luz dentro de la casa. No veía a gente, solo una luz naranja. **Rodeó** la casa para intentar ver quién había dentro. ¡Tenía que ser Jorge!

–¿Hola? –gritó–. ¡Soy Silvia!

No respondió nadie, pero había ruido dentro de la casa.

–¡Menos mal! ¡Es Jorge! –pensó Silvia–. ¡Esto ya no es divertido!

Silvia se acercó a la puerta y la abrió. Allí se encontró con algo que no esperaba.

Toda la gente que conocía estaba allí. ¡Había tanta gente dentro de la casa! Su madre estaba allí, otros miembros de su familia, incluso sus amigas Claudia y Verónica.

–¡Silvia! –gritó su madre–. ¡Qué contenta estoy de que estés aquí!

–¡Hola! –dijo ella–. ¿Qué está pasando aquí?

–Ahora te lo contamos. Siéntate.

Silvia se sentó en la cama vieja.

–¿Qué ha pasado? –dijo Silvia finalmente.

Todos se sentaron alrededor de ella con cara de **preocupación**. Nadie respondió.

–¿Y papá dónde está? –le dijo a su madre.

–Está trabajando, ahora viene.

–¿Alguien puede decirme qué está pasando?

Su madre se levantó y se lo contó todo:

–Creemos que una criatura se ha llevado a Jorge al bosque.

–¿Cómo? ¿Cómo sabéis que vimos una criatura?

–Jorge mandó un mensaje con su móvil. Decía que necesitaba ayuda. Después su móvil **se murió.**

Silvia seguía sin entender nada y dijo:

–¿Por qué estáis todos aquí?

–Porque vamos a ir a buscar a Jorge.

–¿Ahora?

–Sí, ahora.

Todos cogieron sus mochilas, su comida y sus **linternas** para salir a buscar a Jorge.

Salieron de la casa y se separaron en grupos de cuatro.

Silvia se paró un momento en la puerta. Allí se quedó pensando.

–No lo entiendo. A Jorge no le gusta ir solo. Jorge no se iría solo. Él no querría asustarme. Y, ¿por qué envió un mensaje a mi madre? ¿Por qué no a mí? ¿Por qué están mis amigas aquí y no sus amigos? Sacudió la cabeza. **Aquí hay algo que no me cuadra.**

Cuando miró a ver dónde estaban sus amigos y su familia, no vio a nadie.

–¿Dónde estáis? ¿Hola? ¿Alguien me oye?

Silvia anduvo hacia el bosque. Quizás estén allí –pensó. Siguió caminando y encendió una linterna que había cogido de la mochila. Se estaba haciendo de noche otra vez.

–¿Dónde estáis todos? ¿Hay alguien?

No había nadie. Ni su familia, ni su madre, ni sus amigas Claudia y Verónica.

–¡No entiendo nada!

Finalmente, cambió de parecer y volvió a la casa del lago. Era mejor esperar en la casa vieja que caminar por el bosque en la oscuridad.

Entró en la casa y se sentó en la cama vieja. Esperó unos minutos, pero no vino nadie. De repente, oyó un ruido en la cocina.

Se levantó de la cama y se acercó despacio a la cocina. Intentó no hacer ruido. Quería ver qué había en la cocina. ¿Serían sus amigas? ¿Sería su madre?

Encendió la linterna y vio a la criatura. Una criatura muy grande, fea y peluda que se dirigía hacia ella. Silvia gritó y salió de la casa corriendo.

–¡Ayuda! ¡Ayuda!

Silvia corría tanto como podía, pero la criatura corría más que ella y la alcanzó. Silvia se volvió para verla. Se cayó al suelo. Con el miedo y el pánico, empezó a **patalear**. La criatura la había cogido de las piernas y ella no se podía soltar.

Silvia se estaba peleando con la criatura, cuando, de repente, esta paró y se levantó. Se quedó mirándola mientras Silvia permanecía en el suelo.

–¿Cómo? ¿Qué ocurre?

Entonces notó movimiento a su alrededor.

Toda la gente que estaba antes en la casa salió del bosque con las linternas encendidas. Pero tenían algo más en las manos: unas **velas**. Y estaban cantando una canción. En ese momento, ella lo entendió todo. La criatura **se quitó** el **disfraz**: era su padre.

–¡Cumpleaños feliz, cariño!

–¡Cumpleaños feliz! –cantaron todos a su alrededor.

Silvia no sabía si gritar o reírse.

–Papá, ¿eras tú la criatura? ¿Siempre lo has sido?

–Sí, hija. Siempre he sido yo. Habíamos planeado hacer la fiesta ayer, pero tuve un problema en el trabajo. Tuvimos que cambiar la fiesta para hoy. Jorge tuvo una gran idea. Decidió que podíamos hacer una broma de dos días.

–¿De verdad? –dijo Silvia. ¿Y dónde está Jorge?

Jorge apareció en el bosque. Estaba bien.

–Lo siento, Silvia. Te hemos gastado una **broma** pesada, pero queríamos que recordaras este cumpleaños. Y te vamos a hacer un regalo maravilloso.

–Mejor que sea realmente maravilloso –dijo Silvia. ¿Qué regalo es?

Todos la ayudaron a levantarse del suelo y la llevaron al frente de la casa.

–¡Te hemos comprado esta vieja casa para tu cumpleaños, corazón! –dijo su madre.

– La vamos a **remodelar** entre todos.

Será nuestra **casa de veraneo** –añadió su padre.

Silvia comenzó a reír. Después empezó a llorar de alivio. Jorge estaba bien. Ella estaba bien. ¡Y esta casa vieja loca era suya!

Finalmente, Silvia pudo hablar de nuevo.

–Bueno… Solo espero que la criatura sepa una cosa. No es bienvenida como invitada –dijo.

El grupo la aplaudió mientras entraba en la casa. Había llegado el momento del café y los pasteles, y del merecido descanso para la cumpleañera.

Anexo del capítulo 3

Resumen

Silvia volvió a la casa vieja para buscar a Jorge. Había una luz encendida. Entró y allí se encontró con su familia y sus amigos. Le dijeron que estaban allí para buscar a Jorge. Silvia no entendía qué estaba ocurriendo. Todos salieron para buscar a Jorge en el bosque. Silvia se quedó pensando en aquella situación. Volvió a la casa. La criatura entró en la casa. Luego, persiguió a Silvia en el bosque. Ella se cayó y la criatura la ayudó. Era su padre. Era una broma. Era su cumpleaños y la casa del lago era su regalo.

Vocabulario

¡No me lo puedo creer! I can't believe it!

rodear to go around

la preocupación worry

morirse to die

la linterna torch

Aquí hay algo que no me cuadra. Something just doesn't add up.

patalear to kick about

la vela candle

quitarse to take off

el disfraz the costume

la broma joke, prank

remodelar to remodel, to rebuild, to restyle

la casa de veraneo summer house

Preguntas de elección múltiple

Seleccione una única respuesta para cada pregunta.

11) La primera vez que Silvia entra en la casa, se encuentra con ___.
   a. Jorge
   b. su padre
   c. mucha gente reunida
   d. la criatura

12) Todos deciden ___.
   a. salir a buscar a Jorge
   b. llamar a Jorge por el móvil
   c. volver a la ciudad
   d. volver al pueblo

13) Cuando Silvia se queda pensando en la casa del lago, ___.
   a. ve algo extraño en el agua
   b. se encuentra con su padre
   c. se encuentra con la criatura
   d. la dejan sola

14) Al volver a la casa, ___.
   a. Silvia oye un ruido en la cocina
   b. la llaman por el móvil
   c. Claudia y Verónica entran en la casa
   d. Silvia se duerme

15) La criatura era ___.
   a. su madre
   b. Jorge
   c. su padre
   d. un oso

El caballero

Capítulo 1 – El oro

Hace mucho tiempo, existía un **reino** lleno de gente
exótica, animales y monstruos. En ese reino, paseaba
un **caballero** vestido de blanco y negro.

En la plaza, se detuvo a comprar fruta.

–Hola, caballero –le dijo el **tendero** que vendía
fruta.

–Saludos.

–¿Desea fruta?

–Sí, por favor.

El tendero le vendió varias manzanas al caballero
y él continuó andando por la plaza. La plaza era muy
grande. Había mucha gente y diferentes productos
para comprar. El caballero se acercó a otro tendero que
vendía más cosas y le hizo varias preguntas:

–Hola, amable tendero.

–Saludos, caballero.

–¿Tiene usted **pociones**?

–¿Qué tipo de pociones?

–Pociones de **fuerza**.

El tendero buscó en sus bolsas y le dijo al caballero:

–Lo siento. No tengo ahora, pero puedo preparárselas.

–¿**Cuánto tiempo tarda** usted en preparar dos
pociones de fuerza?

–Cuando sea la hora de comer, usted las tendrá aquí.

–Gracias, amable tendero.

El caballero andaba por la plaza y la gente lo miraba. Era un caballero desconocido, nadie lo conocía, pero era famoso. **Había luchado** contra muchos monstruos. Viajaba de reino en reino luchando contra los enemigos de los reyes.

Llegó a la entrada del castillo y allí dos guardias lo detuvieron.

–¿Quién eres, extraño hombre? –le dijo uno de los guardias.

–Me llamo Lars. Quiero ver al rey de este reino.

–Ahora no puedes ver al rey. **¡Márchate!**

Lars **retrocedió** varios pasos y dejó su bolsa en el suelo. La bolsa contenía muchos objetos extraños y **pergaminos**. Sacó de su bolsa un pergamino viejo y se lo dio al guardia.

–Tengo una invitación para ver al rey –dijo Lars.

El guardia miró el pergamino. El pergamino parecía oficial. Tenía el **sello** del rey.

–Está bien –le dijo el guardia–, puedes pasar.

–Gracias.

El caballero entró al castillo. Cruzó el puente de **piedra** y atravesó la puerta. Era un castillo muy grande, alto, con grandes **murallas**. Lars llegó a la segunda puerta. Allí los guardias lo dejaron pasar.

Entró en una sala del castillo. La sala era muy grande y bonita. Había muchos guardias que lo miraban con desconfianza. No sabían qué hacía Lars allí. El rey

Andur bajó por unas escaleras de la sala. Estaba vestido de rojo completamente y llevaba una **corona** de oro.

–¿Tú eres Lars? –le dijo el rey Andur.

–Sí, yo soy Lars –respondió enseñando la invitación –he venido a hablar con usted.

–Ven a mis **aposentos**.

En los aposentos del rey, Lars y el rey Andur se sentaron. El rey le ofreció una bebida. Lars la aceptó.

–Gracias por venir –le dijo el rey–. Veo que recibiste mi invitación.

–Sí. También he oído que usted necesita ayuda.

–¿Y qué has oído exactamente?

–Que necesita a alguien que lleve un cargamento de oro al reino de su hermano. Necesita un hombre de confianza. Yo soy ese hombre.

El rey pensó durante varios minutos la propuesta de Lars.

–¿Por qué debería confiar en ti, caballero?

–La gente ha confiado en mí durante mucho tiempo. Nunca **he traicionado** a nadie.

–Es mucho oro.

–Sí, lo entiendo. Pero no quiero más oro. Ya tengo mucho. He vivido muchas aventuras y tengo suficiente.

–Entonces, ¿por qué estás aquí?

–Sigo viviendo aventuras porque así es mi vida. Me gusta viajar y explorar el mundo.

Pocos minutos después, el rey Andur decidió:

–Está bien, Lars. Vete. Les diré a mis guardias que vas a llevar el cargamento de oro al reino de mi hermano.

–Gracias, rey Andur.

–**No me des las gracias todavía**. Cuando tenga noticias de mi hermano y sepa que todo está bien, tendrás tu recompensa.

El caballero bajó las escaleras. Caminó hacia los guardias. Uno de los guardias lo vio:

–¡Ya has vuelto! Hemos oído que vas a llevar el cargamento de oro.

–Sí, voy a llevar el oro al reino de Authuran.

–¡Buena suerte! –se rio el guardia–. Hay muchos peligros en el camino. ¡No lo lograrás!

Los otros guardias que estaban alrededor se rieron también. Pero cuando las risas se terminaron, el guardia se puso muy serio.

–¡Hombres! –les llamó. Preparen el oro. Salimos mañana.

Mientras los guardias se preparaban, el caballero fue a ver al tendero.

–¿Tiene usted mis pociones?

–Sí. Aquí están. No fue fácil prepararlas y son muy caras. Son seis piezas de oro.

El caballero miró sorprendido al tendero. Le dio las piezas de oro.

–Gracias, señor –dijo el tendero–. Tenga usted un buen día.

El caballero simplemente se marchó.

Al día siguiente, un grupo de tres guardias llegó al castillo para acompañar al caballero. Llevaban armas. Los cuatro hombres salieron del reino de Andur hacia el norte con el cargamento de oro. El camino llevaba directamente al reino del hermano del rey Andur. En el camino esperaban más hombres y caballos para acompañarles en el viaje.

Antes de comenzar el viaje, uno de los guardias llamado Alfred le dijo a Lars:

–¿Estás listo?

–Sí. Nos podemos ir.

–Antes de comenzar –continuó Alfred–, tengo que decirte algo. Somos los mejores guardias del rey. Te ayudaremos a mantenerte a salvo en el viaje. Pero si intentas **robar** el oro, te mataremos.

–¡Es bueno saberlo! –dijo Lars sonriendo.

Alfred miró directamente a Lars.

–No es una broma, caballero. Es una **advertencia**.

–Está bien. Ahora vámonos.

El cargamento de oro estaba en la parte trasera de los **carros**. Lars miró las bolsas y sonrió. Los caballos comenzaron a moverse. El grupo comenzó a moverse lentamente por el camino que llevaba al bosque que les llevaría al reino de Authuran.

Anexo del capítulo 1

Resumen

Un caballero llamado Lars viaja al reino del rey Andur. Allí compra dos pociones de fuerza. Entra en el castillo. Habla con el rey. El rey le pide que lleve un cargamento de oro al reino de su hermano. Lars acepta la misión. El rey envía a tres guardias reales para que le acompañen en el viaje. El grupo sale con el oro. Toman el camino que atraviesa un bosque.

Vocabulario

el reino kingdom
el caballero knight
el/la tendero/-a shopkeeper
la poción potion
la fuerza strength
¿Cuánto tiempo tarda...? How long does it take...?
luchar to fight
¡Márchate! Leave!
retroceder to go back
el pergamino scroll
el sello stamp
la piedra stone
la muralla wall
la corona crown
el aposento chamber
traicionar to betray
No me des las gracias todavía. Don't thank me yet.
robar to steal
la advertencia warning
el carro cart

Preguntas de elección múltiple

Seleccione una única respuesta para cada pregunta

1) El caballero va vestido de los siguientes colores ___.
   a. negro y rojo
   b. blanco y negro
   c. negro y azul
   d. blanco y rojo

2) El caballero compra ___.
   a. una poción de fuerza
   b. dos pociones de fuerza
   c. una poción para conseguir oro
   d. dos pociones para conseguir oro

3) En la entrada del castillo, Lars ___.
   a. habla con el rey
   b. habla con un tendero enfadado
   c. habla con el hermano del rey
   d. habla con los guardias

4) El objetivo del viaje es ___.
   a. encontrar un nuevo reino
   b. explorar nuevos territorios
   c. ir al reino del hermano del rey Andur
   d. visitar un reino lejano

5) En el viaje se dirigen hacia ___.
   a. un reino desconocido
   b. el reino del hermano de Andur
   c. el bosque del reino
   d. la plaza del reino

Capítulo 2 – El bosque

Lars y los tres guardias avanzaban por el camino. Un poco después, Alfred, el guardia, le dijo:

–Lars, ¿sabes lo que hay en el camino?

–Sí, Alfred. El camino no es seguro. Hay muchos peligros.

–Sí. Tienes razón. Y ¿tienes un plan?

–Bueno, intentaremos no entrar en luchas. Hay algunos monstruos peligrosos en este camino. **Mejor mantenernos alejados de ellos.**

–Pero, ¿sabes luchar, Lars?

–Soy famoso por mis aventuras. Sé luchar muy bien.

–Eso espero.

Lars y los tres guardias cruzaron un gran puente de piedra. Era parecido al puente del castillo del rey Andur.

–Alfred –dijo Lars–, este puente es muy parecido al puente de vuestro castillo.

–Sí, Lars. Lo construimos hace mucho tiempo.

–¿Vosotros?

–Nosotros no. Fueron los habitantes del reino, hace muchos años.

Después de cruzar el puente de piedra, el grupo llegó a un gran bosque. En el bosque había muchos árboles, pero era muy silencioso. No había animales, ni se oía nada.

–¿Por qué es tan silencioso este bosque? –dijo Alfred.

–Estamos entrando en el bosque Silencioso. Aquí no hay animales.

–¿Por qué no?

–Hace mucho tiempo, hubo una gran **batalla** aquí entre el rey Andur y su hermano.

Alfred era joven. No sabía nada sobre la batalla. Pensaba que el rey Andur y el rey Authuran **confiaban el uno en el otro**.

–¿Te sorprendes, Alfred? –dijo Lars.

–Sí –respondió.

–¿Por qué?

–Pensaba que los dos reyes hermanos nunca **se habían peleado**.

–Pues sí, se pelearon hace muchos años.

El bosque Silencioso era muy oscuro, apenas se veía la luz del sol. Los árboles eran muy altos, con **ramas** muy grandes.

–¿Sabes por dónde vamos, Lars? –dijo Alfred.

–Sí, el bosque es muy oscuro, pero sé por dónde vamos.

–¿Has estado aquí alguna vez?

Lars sonrió y dijo:

–Sí, he estado aquí antes.

–¿Cuándo?

–Hace muchos años.

Lars recordó aquellos años, cuando el rey Andur y su hermano habían luchado entre sí. Fue una de las batallas más grandes. Antes, el bosque se llamaba el bosque de los Animales. Después de la gran batalla, se llamó el bosque Silencioso.

Lars dijo:

–Cuando yo era más joven, luché junto al rey Andur. Estuve en la batalla del bosque.

–¿Cómo empezó la batalla?

–La batalla la inició el rey Andur.

–¿Y por qué iba a pelear contra su hermano?

–El rey Andur quería una **fuente** que había en el bosque.

Continuaron unos cuantos minutos sin decir nada. Alfred pensaba. Quería saber más cosas de la gran batalla. Quería saber qué había pasado hacía años. Pensaba que el rey Andur era un rey **pacífico**.

–¿Puedo preguntarte algo más, Lars?

–Sí.

–¿Qué clase de fuente es exactamente?

–Espera y verás.

Lars y Alfred permanecieron callados durante una hora. Los otros guardias hablaban en voz baja de vez en cuando. El bosque Silencioso estaba todavía oscuro. La luz del sol seguía sin verse a través de los árboles. Solo había árboles y silencio. Nada más.

Finalmente, llegaron a un lago.

–Hemos llegado al lago –dijo el caballero.

–¿Qué es esto?

–Hace muchos años, este lago era una fuente.

–¿La fuente de la batalla?

–Sí.

Los tres guardias y el caballero se acercaron al lago. Lars habló:

–Hace tiempo, esto solo era una fuente. Había poca agua, no había tanta. Y el agua era mágica. Beber el agua **otorgaba poderes**.

–¿Qué tipo de poderes?

–La persona que bebía el agua se convertía en una persona muy poderosa.

Alfred tomó un poco de agua en sus manos y la bebió.

–Parece agua normal –dijo.

–Claro –dijo Lars–, ahora es agua normal. Hace años era mágica.

Alfred secó sus manos y preguntó:

–¿Y qué paso? ¿Por qué no es mágica el agua ahora?

–Los dos hermanos querían poder. Habrían hecho cualquier cosa para lograrlo. Un día oyeron hablar de la fuente mágica. Una fuente que hacía fuerte a la gente. Inmediatamente, los dos hermanos quisieron **poseerla.** Corrieron al bosque. Cuando se encontraron en la fuente, la lucha empezó.

–¿Qué hicieron? –preguntó Alfred.

–Ambos reyes llamaron a sus guardias y soldados. La batalla continuó durante muchos días… semanas… hasta meses. Durante la batalla, los hombres bebieron tanta agua como pudieron. Querían ser fuertes y poderosos para ganar. Dejaron que sus caballos se mojaran. Caminaron por el agua. Se bañaron en ella. Bebieron el agua. El **manantial** del agua mágica simplemente se secó. Nunca lo volvieron a encontrar. La lluvia llegó y **llenó** el lago. Pero ya no era agua mágica.

Alfred lo miró:

–¿Entonces ese fue el final del agua mágica?

–¡No exactamente! –respondió Lars mirando seriamente a Alfred–. Una pequeña cantidad se salvó. Authuran la tenía. Y él sabía el secreto. Si añades una gota de agua mágica a una pequeña cantidad de agua normal, puedes hacer agua mágica. Lleva tiempo, pero es posible.

–Entonces ese es el secreto…

–Bueno, esa es una parte del secreto. Vamos. Salgamos del bosque.

Los hombres y los caballos siguieron el camino. El sol se empezaba a ver en el cielo mientras salían del bosque. Los árboles ya no eran tan altos y se veía más paisaje.

–Ya hemos salido del bosque Silencioso –dijo Lars.

–¿Dónde estamos ahora?

–Ya casi hemos llegado. Hemos tenido suerte. No hemos visto ningún monstruo.

Alfred puso cara de miedo.

–¿De verdad que hay monstruos en el bosque?

Lars rio.

–Sí. ¿Por qué crees que hemos viajado de día? Hay más monstruos de noche.

–¿Por qué no lo has dicho antes?

–Probablemente no hubierais venido –dijo Lars riéndose–. Está bien, vamos.

El grupo siguió avanzando por el camino. Vieron una ciudad a lo lejos. Esa ciudad parecía el reino del hermano del rey Andur. Los guardias nunca habían estado allí.

–¿Ese es el reino de Authuran? –preguntó Alfred.

–Sí, ese es el reino. Allí es donde tenemos que entregar el cargamento de oro.

–Hay una cosa que no te he preguntado, caballero.

–Dime.

–¿Para qué es este oro?

–El rey Andur **perdió** la batalla del bosque Silencioso. Desde entonces, el rey Andur tiene que pagar cada cinco años una cantidad de oro a su hermano.

–¿Por qué tiene que pagarle oro a su hermano? ¿No hay paz entre ellos?

–Hay paz. Pero su hermano tiene una cosa que el rey Andur no tiene. Tiene que comprarla.

–¿Qué es lo que tiene su hermano?

–Más agua mágica. Andur la compra para mantener feliz a su gente. Ellos quieren hacer pociones de fuerza.

Lars sacó las pociones que había comprado.

–¡He oído hablar de las pociones! ¿Funcionan de verdad?

–Sí –dijo Lars mientras guardaba las pociones–. Funcionan si están hechas con agua mágica real. Ahora tenemos que irnos.

Anexo del capítulo 2

Resumen

Lars y los guardias del rey Andur comienzan su viaje. En el camino, el caballero les cuenta a los guardias una historia. El rey Andur luchó contra su hermano, el rey Authuran, en una gran batalla. La causa de la batalla fue una fuente de agua mágica que daba poder a la gente. El rey Authuran ganó la guerra y ahora el rey Andur tiene que pagarle por el agua mágica. Debe enviar oro a su hermano cada cinco años.

Vocabulario

Mejor mantenernos alejados de ellos. We are better off staying away from them.

Eso espero. I hope so.

la batalla battle

confiar el/la uno/-a en el/la otro/-a to trust each other

pelearse to fight

la rama branch

la fuente fountain

pacífico/-a peaceful, peace-loving

otorgar to give

el poder power

poseer to possess

el manantial spring (of water)

llenar to fill

perder to lose

Preguntas de elección múltiple

Seleccione una única respuesta para cada pregunta

6) El caballero Lars ___.
    a. conoce el camino
    b. no conoce el camino.
    c. lleva un cargamento de plata
    d. dice que el camino lleva al mar

7) En el grupo ___.
    a. viajan tres guardias y Lars
    b. viajan dos guardias y Lars
    c. viajan un guardia y Lars
    d. viaja solo Lars

8) En el bosque Silencioso ___.
    a. no ocurrió nada
    b. hubo una lucha entre los reinos de dos hermanos
    c. hubo una lucha entre primos
    d. hubo una lucha entre dos dragones

9) La fuente del bosque Silencioso ___.
    a. sigue existiendo
    b. nunca ha existido
    c. ahora es un lago
    d. ahora es un río

10) Al salir del bosque Silencioso, ___.
    a. hay otro bosque
    b. hay un mar
    c. vuelven al reino del rey Andur
    d. ven el reino del hermano del rey Andur

Capítulo 3 – El secreto

El grupo continuó el camino. Mientras caminaban, Alfred preguntó:

–¿Cómo vamos a entrar al castillo?

–Por la puerta principal –se rio Lars. Seguidamente miró a Alfred de modo sospechoso. Alfred se quedó callado. Había algo extraño.

Los caballos continuaron por el camino y bajaron por una **ladera** preciosa, llena de hierba, árboles y **riachuelos** de aguas cristalinas. Mientras viajaban por el camino, los hombres vieron a muchos **campesinos**.

Los campesinos vivían fuera de las murallas del castillo. **Labraban** la **tierra**. **Recogían** las **cosechas** para alimentar a la gente que vivía dentro de las murallas.

Uno de los campesinos se detuvo al ver que el grupo se acercaba por el camino.

–¡Saludos, señor! –dijo.

–Saludos, **noble** campesino –le respondió el caballero Lars.

–¿Adónde se dirige?

–Voy al castillo. Tengo que ver al rey.

La mujer del campesino se acercó.

–¿Quiénes son estos hombres? –le preguntó a su marido.

Su marido no respondió porque no sabía la respuesta. Así que le preguntó directamente a Lars:

–¿Quiénes son ustedes? Veo que llevan un cargamento en los caballos.

–Venimos en una misión importante **de parte del** rey Andur.

El campesino se calló por un momento. Después, habló:

–**Espero que no ocurra nada grave** –miró a Lars con preocupación.

–No, tranquilo –le dijo Alfred con una sonrisa–, está todo bien.

–Me alegro.

El grupo siguió viajando por los campos. Entonces Alfred le dijo a Lars:

–Parece que los campesinos tenían miedo o estaban preocupados.

–Y lo estaban.

–¿Por qué?

–Porque hay un secreto. Solo lo sabe la gente de este reino. Y lo quieren mantener secreto.

–¿Y qué es? ¿Hay algún peligro?

Lars no dijo nada y siguieron por el camino hasta que vieron un gran puente de piedra, parecido al del reino del rey Andur.

Dos guardias estaban en el puente. Uno de ellos se acercó y le preguntó a Alfred:

–¿Viene usted de parte del rey Andur?

–Sí. Este caballero nos **ha protegido** en el camino y los otros dos guardias vienen con nosotros.

–Está bien.

El guardia miró las carretas y preguntó:

–¿Es el cargamento?

–Sí –respondió Lars –. Es el cargamento.

Alfred miró a Lars. Él parecía conocer el reino de Authuran muy bien.

El guardia de Authuran **hizo un gesto** para abrir la puerta. Otro guardia abrió la puerta y entraron por ella.

Llegaron a una plaza. Había mucha gente, muchos mercaderes, campesinos que volvían de trabajar y guardias.

Caminaron por la plaza y Alfred se extrañó:

–Este lugar me resulta familiar.

–Se parece a la plaza del reino del rey Andur.

–Sí, es casi idéntica.

Alfred habló con los mercaderes, los campesinos y los guardias, y le dijo a Lars:

–Toda la gente de aquí parece muy amable.

–Hace mucho tiempo, los dos reinos, Andur y Authuran, estuvieron unidos. Por eso son tan similares –dijo Lars–. Pero eso ocurrió antes de la gran batalla.

Los caballos con el cargamento entraron por la puerta del castillo. El castillo también era muy parecido al castillo del rey Andur. Los guardias de Arthuran llevaron a los caballos a otro lugar para **descargar** el oro. Lars y Alfred fueron a ver al rey. El rey les dijo:

–¡Bienvenidos a mi reino!

–Saludos, **Majestad**.

–¡Eres tú, Lars! ¡Me alegro de verte!

–Yo también me alegro de verle a usted.

Alfred no entendía nada. ¿Por qué se conocían?

–¿Has traído todo el oro, Lars?

–Sí, ya es vuestro.

–¡Excelente! Podemos comenzar nuestro plan.

Alfred se asustó. ¿Qué plan?

Lars sacó sus pociones de fuerza, las pociones que había comprado al tendero de la plaza, antes de iniciar la misión.

–¿Qué ocurre aquí? –dijo Alfred.

–Tenemos algo que contarte, Alfred.

–¿Qué ocurre?

Alfred se alejó de ellos varios pasos, asustado. ¿Cómo se conocían el rey y el caballero Lars? ¿Por qué Lars sacaba sus pociones de fuerza? ¿No tenía el reino de Arthuran agua mágica para poder fabricarlas?

Lars se acercó a Alfred:

–Alfred –le dijo–, el agua mágica de este reino hace mucho que **se acabó**.

–¿Y el rey Andur lo sabe?

–No, él no lo sabe.

–¿Y por qué le das las pociones de fuerza a este rey?

–Son las últimas pociones de fuerza, las últimas fabricadas con agua mágica. No hay más agua mágica. ¿Entiendes?

Alfred asintió y Lars continuó:

–Pero si añadimos estas pociones al agua normal, será igual. Se convertirá en agua mágica.

Lars bajó la mirada y añadió:

–Esperamos que así sea.

Alfred se sintió traicionado.

–¡**Me has mentido!** –dijo. ¡Has mentido al rey Andur!

–Mentí... Pero te he mentido para mantener la paz.

–¿Cómo van a tener paz los dos reyes hermanos? El secreto de que no queda agua mágica no se sabe aún, pero pronto lo averiguarán. El rey Andur sabrá que robaste el oro.

Lars no sonreía.

–Alfred, si el rey Andur sabe que no queda agua mágica, la paz se terminará. El rey Andur atacará el reino de Authuran y se terminará la paz.

–¿Entonces usarás las pociones para fabricar agua mágica para Andur?

–Sí, solo para mantener la paz. Si podemos.

Alfred miró con desconfianza a Lars.

–¿Qué quieres decir con "si podemos"?

–Tal y como te dije –respondió Lars–, el agua mágica está normalmente hecha con agua mágica pura. No hay más.

–¿Y entonces?

–Lo intentaremos.

–¿Intentar qué?

–Intentar hacer agua mágica utilizando estas pociones. Las pociones tienen el agua. Quizás funcione.

–¿Quizás? ¿Quizás?–gritó Alfred–. ¿Y qué si no funciona? Dijiste que no hay más agua mágica.

El rey respondió en esta ocasión.

–Entonces la gran batalla del bosque Silencioso puede no haber sido la última...

Anexo del capítulo 3

Resumen

Lars y los guardias se acercan al reino de Arthuran. Por el camino hablan con unos campesinos. Los campesinos parecen temerosos. Lars y Alfred hablan con el rey Arthuran. Lars y el rey se conocen. El caballero le da al rey las últimas pociones de poder que hay. Le cuentan el secreto a Alfred. Arthuran no tiene agua mágica para venderla. Intentará hacer más agua mágica. Usará las pociones. Si no puede hacer más agua, podría haber otra gran batalla.

Vocabulario

la ladera hillside

el riachuelo stream

el/la campesino/-a peasant, farmer

labrar to cultivate

la tierra earth

recoger to pick up

la cosecha harvest

noble courteous (formal)

de parte de on behalf of

Espero que no ocurra nada grave. I hope that nothing serious will happen.

proteger to protect

hacer un gesto to make a gesture

descargar to unload

Majestad His/Her Majesty

acabarse to finish

¡Me has mentido! You've lied to me!

Preguntas de elección múltiple

Seleccione una única respuesta para cada pregunta

11) La primera persona del reino de Authuran que habla con Lars y los guardias es ___.
   a. el rey
   b. la reina
   c. un campesino
   d. una campesina

12) La plaza del reino de Arthuran ___.
   a. no se parece a la del rey Andur
   b. se parece a la del rey Andur
   c. tiene muchas estatuas
   d. está vacía

13) Lars y el rey ___.
   a. se pelean
   b. no se conocen
   c. se conocen
   d. son primos

14) Lars saca ___.
   a. una espada
   b. una poción de fuerza
   c. dos pociones de fuerza
   d. una espada y las pociones

15) El secreto era que ___.
   a. el reino de Arthuran no tiene más agua mágica
   b. el rey Andur va a atacar el reino de Arthuran
   c. Lars es el rey de Arthuran
   d. el oro es falso

El reloj

Capítulo 1 – Leyenda

Carlos era **relojero**. Era un hombre que trabajaba muchas horas. Tenía **su propio taller** en Buenos Aires, Argentina. Trabajaba día y noche. **Arreglaba** relojes, creaba sus propios relojes y también hacía otros **encargos** especiales.

Era un hombre de mediana edad y no estaba casado. Sus padres vivían en España. Él vivía solo en una casa pequeña, en una calle de Buenos Aires. Era un hombre delgado y alto, pero muy fuerte.

A Carlos le gustaba pasear por las playas de Buenos Aires. Trabajaba muchas noches y para descansar, paseaba. Salía de su taller y andaba un rato para estirar las piernas.

Una noche paseando, se encontró con una vieja amiga suya llamada Susana.

–¡Carlos! ¿Qué tal?

–Hola, Susana. ¿Qué haces en la playa **a estas horas**?

–Estoy paseando, igual que tú.

–Ya veo.

Carlos y Susana pasearon bastante tiempo y hablaron de muchas cosas. Hablaron de sus trabajos, de la familia, de sus vacaciones de Navidad, del país y de todo en general. Susana le preguntó:

–¿Qué tal estás en tu trabajo? ¿Trabajas mucho?

–Sí, tengo mucho trabajo y mis clientes están contentos.

–Me alegro, Carlos.

Susana trabajaba en el **puerto** y su horario era **nocturno**. Ella **vigilaba** los barcos que entraban y salían del puerto.

–Carlos, tenía ganas de verte.

–¿Sí? –respondió Carlos.

–Sí. He encontrado algo y no sé qué hacer con ello.

–¿Qué has encontrado, Susana?

Susana sacó de su bolsillo un viejo reloj. Parecía muy antiguo. No sabía qué era.

–¿Puedes decirme qué tipo de reloj es este?

–**Deja que lo mire**.

Carlos lo puso en su mano y lo observó detenidamente.

–No tengo ni idea –dijo finalmente.

Susana se extrañó.

–¿No sabes lo que es?

–Bueno, sé que es un reloj, pero es muy antiguo. ¿Tienes que trabajar ahora, Susana?

–No, empiezo en una hora.

–Vamos a mi taller, tengo libros que nos pueden ayudar.

Carlos y Susana fueron a su taller. La puerta del taller era muy vieja y estaba muy sucia. En el cuarto trasero había muchos **aparatos**, relojes, mecanismos y diferentes piezas. Era su trabajo. Susana nunca había estado en su taller.

–¡Vaya! –dijo ella–. ¡Tienes muchas cosas aquí dentro!

–Sí, tengo mucho trabajo y me gusta lo que hago.

–¡Eso es bueno!

Carlos hizo un gesto a Susana para que lo acompañase a otra habitación. Ella dejó el reloj en una mesa y entró en la habitación. Allí había muchos libros. Los libros eran muy grandes y viejos. El título de muchos de esos libros no se podía leer.

–¿Qué hacemos aquí? –dijo ella.

–Vamos a buscar información.

–¿Información de qué?

–Necesito saber qué tipo de reloj es este. **Nunca había visto algo así.**

Carlos y Susana pasaron varios minutos buscando información en los libros. Ella encontró algo en un libro que hablaba del mar Caribe.

–¡**He encontrado** algo! –dijo.

Carlos cerró su libro y se acercó a Susana.

–¿Qué es, Susana?

–Un libro de **piratas**.

Carlos se extrañó mucho. ¿Un libro de piratas? ¿Por qué un libro de piratas hablaba de relojes? **No tenía sentido**.

Susana le explicó:

–El título del libro es *Piratas del Caribe*. Habla de la **época** en la que España luchaba contra los piratas en el mar Caribe.

–Sigo sin entenderlo. ¿Qué relación tiene esto con el reloj?

–Escucha.

Susana siguió leyendo.

–Este libro dice que existió un pirata famoso. Su nombre era Eric el Kraken. Su reloj era un reloj muy especial. Se decía que tenía poderes extraños.

–¿Poderes extraños? ¿Qué tipo de poderes extraños?

–Se decía que con ese reloj podía **viajar en el tiempo** –dijo Susana mirando el libro–. Aquí dice que el reloj le ayudó a viajar en el tiempo.

Carlos se rio y dijo:

–Es solo una leyenda. ¿Un pirata que viaja en el tiempo y con un reloj? ¡No tiene sentido!

Justo en ese momento oyeron un ruido en el taller.

–¿Qué ha sido eso, Susana?

–¡No lo sé! ¡Vamos a ver!

Los dos amigos volvieron al taller. Miraron alrededor. Carlos lo vio. ¡El reloj del pirata había desaparecido!

–¡Nos han robado el reloj! –gritó Carlos.

–¿Ves, Carlos? Ese reloj tiene algo especial. No es un reloj común.

Entonces Carlos se dio cuenta de algo más. La puerta del taller estaba abierta. De repente, oyó pasos fuera.

–Es él. **¡Vamos tras él!**

Carlos y Susana corrieron fuera del taller y volvieron a la playa. Había huellas en la arena. Huellas muy profundas, como de un hombre muy **robusto** y con pies grandes.

–¡Mira, Carlos! ¡Está allí!

Carlos corrió detrás del hombre que había robado el reloj y le gritó:

–¡Oye! ¡Para! ¡Detente ahora mismo!

El hombre robusto no hizo caso de la advertencia y siguió corriendo. Carlos gritó más alto:

–¡Para! ¡Por favor, detente!

El hombre siguió sin hacerle caso. Así que Carlos corrió aún más deprisa y lo alcanzó. **Empujó** al hombre y este **cayó** en la arena. El hombre gritó en voz alta.

–¡Suélteme! ¡Yo no le he hecho nada! ¡Este es mi reloj!

El hombre tenía un aspecto extraño. No parecía un hombre de la época actual. Ni siquiera parecía un hombre viejo vestido con ropas viejas.

Carlos y Susana lo miraron fijamente mientras se levantaba de la arena. El hombre se sacudió la arena. Tenía el reloj en su mano derecha y los miraba con desconfianza.

–¿Qué quieren? ¿Por qué me miran así?

El hombre hablaba con un acento muy extraño y un español muy raro. Carlos le dijo:

–Has robado mi reloj. Has entrado en mi taller y lo has cogido sin mi permiso.

–¡No!– dijo el hombre–. ¡Usted me lo ha robado! ¡Yo solo lo **he recuperado**! ¡Es mío!

Carlos y Susana se miraron.

Susana le dijo al hombre:

–¿Quién es usted?

–Soy Eric el Kraken. **¡Discúlpenme!** Tengo que volver al siglo XVII.

Anexo del capítulo 1

Resumen

Carlos es relojero. Un día se encuentra con su amiga Susana en la playa. Susana le enseña un reloj muy antiguo. Vuelven al taller de Carlos para para buscar información sobre el reloj en sus libros. Según la leyenda, el reloj ayuda a la gente a viajar en el tiempo. De repente, un extraño hombre se lleva el reloj del taller y sale corriendo. El hombre dice que es Eric el Kraken.

Vocabulario

el/la relojero/-a watchmaker

su propio taller his/her own workshop

arreglar to repair

el encargo order

a estas horas at this time

el puerto port

nocturno/-a night, nighttime

vigilar to guard

Deja que lo mire. Let me have a look at it.

el aparato gadget

Nunca había visto algo así. I had never seen anything like this.

encontrar to find

el/la pirata pirate

No tenía sentido. It made no sense.

la época era, age

viajar en el tiempo to travel in time

¡Vamos tras él! Let's go after him!

robusto/-a strong

empujar to push

caer to fall

recuperar to get back

¡Discúlpenme! Excuse me!

Preguntas de elección múltiple

Seleccione una única respuesta para cada pregunta.

1) Carlos trabaja de ___.
   a. relojero
   b. pescador
   c. pirata
   d. vigilante

2) Susana es ___.
   a. su novia
   b. su mujer
   c. su hija
   d. su amiga

3) Para descansar, Carlos ___.
   a. pasea por las calles de Buenos Aires
   b. pasea por su taller.
   c. pasea por la playa
   d. repara relojes

4) Según la leyenda, el reloj ___.
   a. se perdió hace mucho tiempo
   b. puede medir la temperatura
   c. tiene poderes extraños
   d. es de un relojero muy famoso

5) El reloj desaparece del taller de Carlos porque ___.
   a. lo roba Susana
   b. lo roba un hombre desconocido
   c. lo pierden
   d. lo olvidan en la playa

Capítulo 2 – El Caribe

Carlos y Susana miraron al extraño hombre que tenían delante. Finalmente, Carlos habló.

–¿Volver al sigo XVII? ¿Usted? ¿Eric el Kraken? –preguntó.

El hombre no contestó. Estaba ocupado con el reloj.

Carlos se acercó más a él. Parecía un pirata antiguo. Vestía ropa negra **desteñida**. Su ropa era como la de un pirata del Caribe. Un pirata como los de los **cuentos**. ¿Podría ser verdad?

Finalmente, el hombre miró a Carlos y contestó:

–Sí, soy yo.

Carlos ahora entendía que el reloj realmente tenía poderes extraños.

–Ahora lo entiendo… ¡La leyenda es **cierta**!

–¿Qué leyenda? –dijo Eric.

–La leyenda de su reloj.

Eric miró a Carlos y a Susana.

–¿Dónde han oído hablar ustedes sobre mi reloj?

Susana respondió:

–Aparece como una leyenda en un libro.

–¿En un libro, dice usted? ¡Ja! ¡Así que soy famoso!

–No… No exactamente. Solo su reloj.

Eric anduvo por la arena, pensativo. Miró el reloj y dijo:

–Este reloj es mío, pero no lo fabriqué yo. Lo encontré en un **tesoro** de otro pirata.

–¿Otro pirata? –dijo Carlos.

–Sí, no sé quién era. Nadie lo sabe.

Carlos entendió entonces que Eric el Kraken solo había encontrado el reloj. No sabía cómo funcionaba. Eric tampoco sabía por qué el reloj tenía esos poderes extraños.

Carlos le dijo al pirata:

–Eric, ¿sabe cómo funciona el reloj?

–Por supuesto que sí –respondió enfadado.

Entonces miró a Carlos de nuevo y dijo:

–A veces, lo tengo en mi mano, y me **transporta al futuro**, tal y como ha ocurrido aquí. Minutos después, lo tengo en mi mano y vuelvo a mi época. Ahora déjenme solo. Es **la hora de volver** de nuevo al pasado.

–¿Y para qué viene aquí?

–Me gusta ver cómo han cambiado las cosas. ¡Ya no hay piratas en el Caribe! ¡Hay **edificios** muy altos! ¿Sabe que incluso hay **máquinas voladoras**? ¡Increíble!

Carlos y Susana sonrieron. El pirata no estaba acostumbrado al mundo moderno. Parecía estar un poco loco.

Eric miró el reloj de nuevo y dijo:

–Ahora, ¡déjenme! En pocos segundos volveré a mi época. Mi época y lugar de **hace cientos de años**.

Carlos y Susana se miraron. Hablaron entre ellos.

–¿Qué piensas, Susana?

–¿Qué pienso, dices?

–Sí. ¿Quieres ir al Caribe del siglo XVII?

Susana se quedó **pensativa**.

–¡Vamos! ¡Será divertido! –gritó Carlos.

–De acuerdo. ¡Vamos! –dijo ella finalmente.

Carlos y Susana se acercaron a Eric el Kraken y le dijeron:

–Queremos ir con usted.

–No –dijo Eric.

–¿Qué quiere decir con «no»? –preguntó Carlos.

–Quiero decir… «no» –dijo Eric con un movimiento de su mano.

–Pero nosotros también queremos ver cómo han cambiado las cosas. Queremos ver cómo eran antes las cosas. Igual que usted quiere ver cómo son las cosas ahora.

De repente, Eric el Kraken los miró fijamente.

–Esperen. De acuerdo. Vendrán conmigo. Puede que tenga una tarea para ustedes. ¿De acuerdo?

–De acuerdo –respondió Carlos–. Entonces, ¿funcionará si los tres **tocamos** el reloj?

–Funcionará. Solo tienen que poner sus manos en el reloj. **¡Deprisa!**

Los tres tocaron el reloj. De repente, fueron transportados al Caribe del siglo XVII. La noche se convirtió en día y de repente, estaban en un **campamento** pirata. Carlos y Susana soltaron el reloj. Varios piratas los miraban. Uno de ellos, de piel morena y pelo largo, se acercó a Eric el Kraken.

–¡Buenos días, capitán! ¡Por fin ha vuelto!

El hombre se presentó como Frank. Y después le dijo a su capitán:

–¿Y ha traído a gente con usted?

Eric el Kraken sonrió y miró a su alrededor.

–¡Escuchen! Les voy a presentar a...

Eric el Kraken miró a sus invitados y les preguntó:

–¿Cómo se llaman ustedes?

–Carlos y Susana –respondieron.

–¡Eso es! ¡Hombres! ¡Les voy a presentar a Carlos y a Susana!

Los piratas no prestaron mucha atención. **Estaban acostumbrados** a cosas extrañas que ocurrían con el reloj.

–Sí, Carlos y Susana –continuó Eric–. Ellos nos van a ayudar a ganar.

Entonces los hombres si prestaron atención. Hubo una **ovación**.

–¿Ganar? –dijo Carlos. ¿Ganar qué?

El Kraken miró a la pareja.

–Nos van a ayudar a ganar la batalla.

–¿Batalla? –gritó Susana–. ¿Qué batalla?

–La batalla contra los barcos españoles.

–¿Qué? ¡No había dicho nada de eso!

Eric el Kraken se alejó. Fue a su tienda. Carlos y Susana miraron hacia el mar. Estaba lleno de barcos piratas. Se quedaron solos con Frank.

–Lo siento –dijo Frank.

–¿Por qué lo siente? –le preguntó Susana.

–Porque Eric está loco. Su mente está llena de odio.

–¿Loco?

–Loco –hizo una pausa–. Completamente loco.

–Ya veo –respondió Carlos–. ¿Y por qué dice eso?

–Porque piensa que les puede usar a ustedes.

–¿Usarnos?

–Usarles para detener el avance de los barcos españoles. Los barcos españoles conocen el reloj. Quieren conseguirlo **a toda costa**. Por eso nos atacan cada noche. Eric tiene que detenerlos. Piensa que ustedes pueden ayudarnos.

Se oían ruidos de batalla a lo lejos. Los ingleses se estaban acercando. Carlos dijo:

–¿Cómo quieren que les ayudemos?

–Ustedes saben lo que va a pasar porque viven en el futuro.

–No, no, no. No sabemos nada de esta batalla. ¡El reloj es una leyenda!

Frank **se entristeció**.

–Eric **se sentirá decepcionado**. Está obsesionado con el reloj. Hará lo que sea para conservarlo. Una vez que sepa que ustedes no pueden ayudarnos, no les necesitará más. **Las cosas se pueden poner feas.**

Susana y Carlos se miraron atemorizados.

–¿Y qué podemos hacer? –preguntó Susana.

–Tienen que robar el reloj a nuestro capitán. Si no tiene el reloj, no habrá batalla.

–De acuerdo. ¿Cuándo?

–Esta tarde. Esta tarde habrá una gran batalla. Eric el Kraken va a enviar muchos barcos a la guerra. Ustedes tienen que llevarse el reloj y no volver nunca aquí.

Frank se fue a la tienda de Eric y ellos se sentaron en la playa.

–¿Qué podemos hacer? Solo soy un relojero –dijo Carlos–. Tú eres una **guardia de seguridad**. ¿Cómo podemos robarle algo a un pirata?

–Tenemos que buscar una forma de hacerlo –dijo Susana–. Espera. ¡Tengo una idea!

Anexo del capítulo 2

Resumen

El hombre de la playa es el pirata Eric el Kraken. Viene del siglo XVII. Ha usado un reloj especial para viajar a la época actual. Carlos y Susana deciden viajar al siglo XVII con Eric. Cuando llegan, Eric decide que deben ayudarle a ganar la batalla contra los españoles. Carlos y Susana tienen un plan. Robarán el reloj de Eric. Entonces ya no habrá una batalla.

Vocabulario

desteñido/-a faded
el cuento tale
cierto/-a true
el tesoro treasure
transportar al futuro to take ahead of time
la hora de volver time to go back
el edificio building
la máquina voladora flying machine
hace cientos de años hundreds of years ago
pensativo/-a thoughtful, thinking
tocar to touch
¡Deprisa! Hurry up!
el campamento camp
estar acostumbrado/-a to be used to
la ovación ovation
a toda costa at all costs
entristecerse to be saddened
decepcionarse to be disappointed
Las cosas se pueden poner feas. Things can get ugly.
el/la guardia de seguridad security guard

Preguntas de elección múltiple

Seleccione una única respuesta para cada pregunta

6) El hombre que robó el reloj se llama ___.
   a. Carlos
   b. Eric
   c. Frank
   d. Derek

7) El poder del reloj es el siguiente: ___.
   a. viajar en el tiempo
   b. viajar solo al siglo XVII
   c. viajar solo al siglo XXI
   d. viajar solo al signo XVI

8) Eric viaja de nuevo ___.
   a. con Carlos
   b. con Susana
   c. con Carlos y Susana
   d. él solo

9) Eric quiere ___.
   a. ayuda para luchar contra los barcos españoles
   b. escapar de los barcos italianos
   c. quedarse a vivir con Carlos y Susana
   d. viajar al siglo XVI

10) Frank les dice a Carlos y a Susana que ___.
    a. vuelvan a su época
    b. roben el reloj
    c. ayuden en la batalla contra los barcos españoles
    d. se alejen de Eric

Capítulo 3 – La batalla

El momento había llegado. Los barcos españoles ya estaban allí. Todos estaban listos para la batalla. Carlos y Susana subieron al barco de Eric el Kraken. Tenía muchos cañones a su izquierda y muchos cañones a su derecha. Era el barco personal y favorito del pirata. Frank era su **segundo de a bordo**. Siempre viajaba con él.

Eric el Kraken llevaba el **timón**. Frank les **enseñó** el barco a Carlos y a Susana.

–¿Qué les parece nuestra preciosidad?

Susana había leído mucho sobre piratas. Le parecía muy interesante.

–¡Vaya! Estoy en un barco pirata de verdad. ¡Es increíble! –dijo ella.

Frank rio. Tenía los **dientes** algo **sucios**.

–No es nada especial –dijo–. Para nosotros todo esto es normal.

Frank llevó a Carlos y a Susana al timón. El barco ya estaba en marcha. El viento era un poco frío, pero no había nubes. Solo se veía el agua azul del Caribe y la playa. Era precioso. Entonces Carlos recordó que estaban yendo hacia la batalla contra los barcos españoles. ¡Tenía que hacer algo para detener el barco!

Eric el Kraken estaba mirando el mar. Estaba todavía al timón. Carlos y Susana miraban a Eric. De repente, escucharon la voz de Frank.

–Entonces, ¿cómo lo van a hacer?

–¿Hacer qué? –respondió Carlos.

–¡Robar el reloj! Tienen que hacerlo antes de que empiece la batalla.

–Espere un momento –dijo Carlos–. ¡Esta es la parte que no entiendo! ¿Por qué quiere Eric que Susana y yo estemos aquí en el barco? ¡No sabemos luchar!

–Ya os lo he dicho antes. Está obsesionado con el reloj. Él piensa que, **de alguna manera,** ustedes le ayudarán a ganar la batalla.

Carlos alzó la vista. Vio a Eric. Él los estaba mirando. Su mirada no decía nada. Solo los miraba fijamente.

–Bueno, Eric está **equivocado** –dijo Carlos–. Nosotros no podemos ayudarle. No sé qué está pensando.

–Sinceramente –dijo Frank–, yo tampoco sé qué está pensando.

–¿Qué? ¿Por qué lo dice? –dijo Susana.

–Mirad el mar.

Carlos y Susana lo miraron y contaron unos diez barcos piratas.

–¿Ven? Tenemos diez barcos –añadió Frank.

Susana no entendió lo que Frank quería decir.

–Sí, tenemos diez barcos, ¿y qué? Tenemos diez barcos, pero los españoles tienen más, ¿verdad?

–Sí.

–¿Cuántos más?

–Tienen 30.

Carlos gritó:

–¡Tienen 30! ¡Y nosotros 10! ¡Están ustedes locos!

–Por eso quiero **acabar con** esto. Ustedes tienen que robarle el reloj a Eric. Está obsesionado. No podemos ganar esta batalla. Pero él no se rinde. No con los españoles. Ya no se rinde más.

–De acuerdo. ¿Qué quiere que hagamos? –preguntó Carlos.

–Como le dije –respondió Susana–, tengo una idea.

Susana miró a Carlos y le dijo:

–Tú eres relojero, ¿verdad?

–Sí.

–Tienes que decirle a Eric que necesitas usar su reloj para ganar la batalla.

–¿Y cómo lo hago?

–Dile que sabes cómo funciona. Dile que puedes detener a los españoles con el poder del reloj.

El tiempo se acababa. Los barcos españoles se veían en el horizonte.

Carlos dudó, pero luego se acercó a Eric, que estaba hablando con sus piratas. Les estaba explicando cómo luchar, cuál era la **táctica** y qué iban a hacer.

Eric vio que Carlos lo miraba.

–¿Qué quiere, Carlos? ¿Ya tiene usted una idea para ganar la batalla?

–Sí, sí… Ya la tengo. Venga y se la cuento.

El pirata y Carlos se alejaron un poco de los demás. Frank y Susana pretendían no ver lo que estaba ocurriendo.

–Eric, como sabes, soy relojero. Necesito ver su reloj.

La cara del pirata cambió por completo.

–¿Para qué lo quiere?

–Si me deja verlo, creo que podemos ganar la batalla.

–¿Qué quiere decir? –dijo Eric mirando a Carlos **con recelo.**

Carlos no sabía qué decir. Se quedó pensando e inventó una respuesta rápidamente.

–Creo que ya sé cómo funciona –mintió.

–¿Y qué?

–Si me deja verlo, puedo cambiarlo. Puedo cambiar el reloj para que nos transporte a otro sitio lejos de aquí. Así no necesitaremos luchar.

Los barcos españoles llegaron y comenzaron a **disparar** sus cañones. Los barcos de los piratas se defendían. También disparaban sus cañones. Carlos y Eric **se tambaleaban.**

Eric gritó a sus piratas:

–¡Vamos! ¡Sigan disparando! ¡No podemos perder!

Carlos necesitaba ver su reloj. Mientras tuviera el reloj, Eric lucharía. Y sin el reloj, no podía volver a Buenos Aires. Ni él, ni Susana.

–¡Escúcheme! –gritó Carlos.

Los cañones de los barcos españoles disparaban aún más fuerte.

–¡Déjeme verlo! ¡Déjeme ver el reloj! ¡Así podremos ganar la batalla! –gritó Carlos.

El pirata lo miró, pero agarró fuertemente el reloj.

Sin previo aviso, un disparo de un cañón atravesó el timón y Eric cayó al suelo de madera. Carlos **aprovechó el momento** para robar el reloj y salió corriendo.

Eric se dio cuenta de ello.

–¡Alto! ¡Paren a ese hombre! –gritó.

Los hombres de Eric empezaron a perseguir a Carlos. Carlos **lanzó** el reloj a Susana. Ella lo cogió rápidamente y corrió. Carlos corrió hacia ella. Entonces vieron a Eric. Venía hacia ellos.

Los cañones españoles volvieron a disparar y Eric **se abalanzó** sobre Susana. Frank intentó detener a Eric. ¡Estaba ayudando a Susana a escapar! Carlos agarró el reloj. Eric agarró el reloj. Frank agarró a Susana para mantenerla a salvo. A continuación el reloj se activó. De repente, todo el grupo estaba viajando al siglo XXI.

El día se volvió noche y estaban de vuelta en la playa de Buenos Aires. Eric fue el primero en darse cuenta de lo que había pasado. Buscó el reloj a su alrededor. No lo veía **por ningún lado.** Entonces lo vio. Estaba debajo del pie de Frank. Eric le **dio una patada** a Frank y tomó el reloj. Estaba **roto**.

–¿Qué ha hecho, Frank? ¿Qué ha hecho?

Los demás se despertaron.

Frank miró la playa, miró la ciudad y la gente. Era la primera vez que estaba en el futuro. Todo era nuevo y le daba un poco de miedo.

Mientras, Eric el Kraken estaba muy enfadado. Le dijo a Carlos:

–¿Qué vamos a hacer ahora? ¡No podemos volver! ¿Qué vamos a hacer?

Nadie decía nada. Finalmente Susana habló.

–Venga al taller, Eric. Carlos intentará reparar su reloj. Y si puede, usted debería destruir el reloj en cuanto llegue a su casa. ¡Es peligroso! Nada bueno saldrá del reloj.

–¡Lo haré! –respondió Eric.

Después Susana miró a Frank.

–Usted tiene que prometer que ayudará a Eric. Tiene que destruir el reloj. **Asegúrese** de que no lo guarda. Sería el fin de todos ustedes. ¿Comprende?

–Sí, comprendo –dijo Frank–. Cuando vuelva, no querré volver a ver nunca ese reloj.

Finalmente, Susana miró a Carlos,

–¡Y tú! –dijo–. La próxima vez que tengas una idea loca, como querer viajar en el tiempo, ¡no me lleves contigo!

Carlos sonrió y **asintió**. Y después, el grupo caminó lentamente hacia el taller de Carlos. Había un trabajo importante que hacer.

Anexo del capítulo 3

Resumen

Eric el Kraken se prepara para luchar contra los ingleses. Todo el mundo se sube al barco. Frank le dice a Carlos que tiene que robar el reloj de Eric pronto. Carlos no sabe qué hacer. Intenta que Eric le muestre el reloj. Después, los ingleses empiezan a atacar a los piratas. Cuando empieza la batalla, Carlos se apropia del reloj y corre. Carlos, Susana, Eric y Frank se pelean por el reloj. Este se activa y viajan al siglo XXI. Están en Buenos Aires. Carlos acepta arreglar el reloj de Eric. Pero Eric debe destruir el reloj cuando vuelva a su casa.

Vocabulario

el/la segundo/-a de a bordo second in command
el timón rudder
enseñar to show
el diente tooth
sucio/-a dirty
de alguna manera in some way
equivocado/-a wrong, mistaken
acabar con to put an end to
la táctica strategy
con recelo with suspicion
disparar to shoot
tambalearse to stagger
sin previo aviso without warning
aprovechar el momento to take advantage of the moment
lanzar to throw
abalanzarse to leap on, to jump on
por ningún lado nowhere

dar una patada a alguien to kick someone
roto/-a broken
asegurarse to make sure
asentir to agree, to nod

Preguntas de elección múltiple

Seleccione una única respuesta para cada pregunta

11) El pirata llamado Frank es ___.
   a. el primo de Eric
   b. el hijo de Eric
   c. el segundo de a bordo
   d. el hermano de Eric

12) Frank le dice a Carlos que tiene que robar el reloj y ___.
   a. luchar contra Eric
   b. volver al siglo XXI
   c. viajar al siglo XVII
   d. usarlo para luchar contra los ingleses

13) Cuando Carlos habla con Eric, Eric ___.
   a. le da el reloj
   b. no le da el reloj
   c. le roba el reloj
   d. tira el reloj

14) ¿Quién viaja de vuelta a Buenos Aires?
   a. Carlos y Susana
   b. Eric y Carlos
   c. Eric y Frank
   d. Eric, Carlos, Frank y Susana

15) Carlos reparará el reloj de Eric con la condición de que este ___.
a. vuelva al Caribe
b. destruya el reloj
c. le dé su barco pirata
d. le deje quedarse con el reloj

El cofre

Capítulo 1 – Madrid

Hace un tiempo vivió un hombre en España. Ese hombre era bastante mayor. Se llamaba Arturo.

Arturo nunca se había casado. No tenía hijos ni familia cercana. Había vivido solo muchos años, pero era muy amable. La gente le **trataba** bien.

Él nunca había viajado lejos. Solo había viajado por los alrededores de su ciudad, Barcelona. Ahora era el momento. Tenía una misión.

No tenía mucho dinero, pero no era pobre. Había ahorrado algún dinero en su juventud. Planeaba usarlo para su misión. Tenía que ir a tres lugares diferentes. Comería donde pudiera. Dormiría donde pudiera. Viajaría como pudiera. Tenía una misión y tenía que completarla.

Primero, Arturo viajó a Madrid. Llevaba mucho tiempo sin **cortarse el pelo**. Tenía la **barba** larga. Su ropa era rara también. Parecía un extranjero en las calles de la gran ciudad. Mucha gente lo miraba **al pasar.**

Llegó al Parque del Retiro, un parque muy grande de Madrid, lleno de árboles y zonas verdes. A menudo había gente **pasando la tarde** allí: parejas, familias, jóvenes...

Arturo se acercó a un hombre joven. Tenía unos 20 años y estaba leyendo el periódico. El joven estaba **apoyado** en un árbol y parecía muy tranquilo. Arturo se sentó **a su lado**:

–Buenas tardes, joven –le dijo.

–Hola... –le respondió desconfiadamente. Y continuó leyendo.

–¿Qué tal, David? –dijo Arturo.

El joven lo miró. Estaba sorprendido. ¿Cómo es que este extraño hombre sabía su nombre? Miró a Arturo detenidamente.

–¿Ha dicho usted David?

–Sí, eso he dicho.

–¿Cómo sabe mi nombre?

–No puedo decírtelo.

David dejó de leer el periódico y miró a Arturo. Lo miró detenidamente de nuevo, pero no tenía ni idea de quién era ese hombre mayor. No lo reconocía.

Lo miró e intentó imaginárselo sin barba. Nada. No sabía quién era.

–¿Qué quiere usted? –dijo David con recelo.

–No te preocupes –dijo Arturo–. No vengo a **molestarte**. Vengo a contarte algo.

–Adelante.

Arturo sacó de su bolsillo una foto. En esa foto había un cofre lleno de **polvo**. Era un cofre muy viejo y parecía que guardaba algo valioso dentro de él.

–¿Qué es eso? –preguntó David.

–¿No sabes lo que es?

–Parece un cofre, pero no lo había visto en mi vida.

Arturo miró atentamente a David y señaló la foto.

–Mira esto.

David miró. El cofre tenía un candado **grabado** con tres ceros.

–Es un candado.

–Sí, y...

–Faltan tres números –dijo David.

–Exacto –dijo Arturo. **Faltan** los tres números y los necesito para mi misión.

–¿Misión? ¿Qué misión?

–No puedo decírtelo –respondió Arturo con calma.

David no entendía lo que ese hombre quería. ¿Cómo podía darle unos números que él desconocía? Finalmente, Arturo dijo:

–Seguro que tienes uno de esos números.

–Lo lamento, pero no sé de qué me habla.

–Piensa, David. Tienes que tener un objeto viejo con un número.

David pensó detenidamente. No tenía ese objeto. Estaba seguro. Entonces recordó algo. Tenía una cosa con un número. ¿Podría ser eso?

–**Ahora que lo dice** –dijo emocionado–. ¡Puede que tenga algo! Espere aquí. Iré y lo traeré.

–¿Adónde vas? –preguntó Arturo.

–A mi casa. Necesito traer algo.

–¡Espera! Voy contigo.

David miró de nuevo al hombre con recelo. Era mayor. Parecía agradable. Imaginó que no habría ningún problema.

–De acuerdo –dijo–. ¡Sígame!

David y Arturo salieron del Parque del Retiro. Fueron por una calle estrecha y tomaron un autobús para ir a casa de David.

Mientras viajaban en el autobús, David le preguntó a Arturo:

–¿Cómo se llama usted?

–Me llamo Arturo. Arturo Gómez.

–¿**Cuánto tiempo lleva** en Madrid, señor Gómez?

–¡Puedes **tutearme**! Tanta formalidad no es necesaria.

–De acuerdo, Arturo. ¿Cuánto tiempo llevas en Madrid?

–Llevo dos horas.

–¿De verdad? No es mucho tiempo.

–¡Sí, pero me gusta! Hay mucha gente agradable e interesante.

–Sí, es verdad.

Los dos hombres hablaron hasta que llegaron a la casa de David.

La casa era pequeña y estaba muy ordenada. David llevó a Arturo al garaje. Le explicó que guardaba allí muchas cosas del pasado. Tenía cosas de cuando era niño y estaban muy bien ordenadas. Algunas fotos antiguas e incluso algunos **apuntes** del colegio estaban organizados **sistemáticamente**. Arturo vio que David guardaba fotos de un hombre mayor vestido de sargento o teniente del ejército.

–¿Qué buscamos aquí? –dijo Arturo.

–Recuerdo tener algo como lo que dices.

–¿Un objeto antiguo con un número?

–Sí, un objeto antiguo con un número.

Espera un minuto. Voy a buscarlo.

David estuvo buscando durante media hora. Arturo intentó ayudarle, pero David le dijo:

–Siéntate, no te preocupes. Ya lo busco yo.

Tardó una hora en encontrar lo que buscaba. Pero por fin, lo encontró.

–Mira, Arturo. Lo he encontrado.

–¿Qué has encontrado?

Arturo se levantó de donde estaba sentado y le dijo:

–¿Cómo sabes que es lo que busco?

–No lo sé, pero tengo esto desde hace muchos años. Tiene un número.

David **desenvolvió** un **pañuelo** lleno de polvo. Dentro había un **collar** de oro con un dibujo. El dibujo era raro, pero en su interior había un número.

David le dijo a Arturo:

–No sé por qué, pero cuando me has hablado del número, he recordado esto.

–¿Recuerdas quién te dio ese collar?

–No estoy seguro. Lo tengo desde que era pequeño.

Arturo sonrió. Abrió la puerta del garaje y David le dijo:

–¿Adónde vas?

–Ya hemos terminado aquí. Recuerda ese número y lee esto.

Le dio una carta a David y se marchó.

–¡Espera! ¡Vuelve! ¿No quieres el collar? –preguntó David.

Pero Arturo ya se había ido. Había desaparecido a través de la puerta. Arturo volvió al centro de Madrid y allí tomó el tren al aeropuerto. Su próximo destino era Mallorca, en las islas Baleares.

Anexo del capítulo 1

Resumen

Arturo es un hombre mayor que tiene una misión. Tiene una foto de un viejo cofre. Faltan tres números del candado del cofre. Arturo piensa que un joven llamado David sabe cuál es uno de los números. David tiene que recordar ese número. Está en un objeto antiguo que tiene. David le enseña a Arturo un collar antiguo. Hay un dibujo dentro con un número grabado. Arturo dice que eso es lo que necesita. Le da una carta a David. Después se marcha a Mallorca.

Vocabulario

el cofre chest
tratar to treat
cortarse el pelo to cut one's hair
la barba beard
al pasar when passing
pasar la tarde to spend the afternoon/evening
apoyado/-a leaning on
a su lado by his/her side
molestar to bother, to disturb
el polvo dust
grabado/-a engraved
faltar to be missing
ahora que lo dice now that you say it
¿Cuánto tiempo llevas...? How long have you been...?
tutear to speak to someone as 'tú' (more familiar)
los apuntes school notes
sistemáticamente systematically
desenvolver to unwrap
el pañuelo scarf, handkerchief
el collar necklace

Preguntas de elección múltiple

Seleccione una única respuesta para cada pregunta

1) Arturo es ___.
   a. un hombre joven
   b. un hombre de mediana edad
   c. un hombre de edad avanzada
   d. un niño pequeño

2) Arturo habla con David por primera vez en ___.
   a. la Gran Vía
   b. un parque
   c. el aeropuerto
   d. un garaje

3) La foto de Arturo muestra ___.
   a. un cofre
   b. un garaje
   c. un collar
   d. una ciudad

4) David lleva a Arturo ___.
   a. al aeropuerto
   b. a un parque
   c. a Mallorca
   d. a un garaje

5) Después de hablar con David, Arturo viaja a ___.
   a. Madrid
   b. Menorca
   c. Mallorca
   d. un parque

Capítulo 2 – Mallorca

Unas horas después, Arturo llegó a Mallorca. La ciudad de Palma estaba llena de gente. Había muchas cosas interesantes que hacer y que ver. Pero él tenía una misión y sabía adónde ir.

Llamó a un taxi y le dio la dirección al taxista. Poco después, llegó a una casa grande que estaba al lado de un club de tenis muy lujoso.

La casa grande parecía muy **cara**, de alguien con mucho dinero. Tenía un jardín muy grande. Había muchos trabajadores **plantando flores** y pintando unas escaleras. **Se notaba** que el dueño **cuidaba** la casa. Los perros también corrían **por aquí y por allá.**

Arturo se quedó mirando fuera de la casa hasta que por fin, **llamó a la puerta.** Llamó de nuevo y esperó a que alguien respondiera.

–¿Hola?

Nadie respondió. Parecía que no había nadie en casa. Vio un lugar cerca donde sentarse. Decidió esperar.

Sacó su foto del bolsillo y la miró atentamente. Sonrió. Era el cofre. Volvió a guardar la foto dentro de su chaqueta. Esperó un poco más. Entonces oyó un coche que se acercaba. Era un coche caro. Había una mujer en su interior. Llevaba **gafas de sol** y no vio a Arturo.

La mujer abrió la puerta del garaje con un mando a distancia. Iba conduciendo muy despacio, pero siguió sin ver a Arturo.

La mujer volvió a **presionar** el mando a distancia. ¡Estaba cerrando la puerta del garaje!

–¡Discúlpeme! ¡Espere!–dijo Arturo.

Por fin, la mujer vio a Arturo y paró el coche. La puerta del garaje seguía abierta.

–¿Sí? ¿Quién es usted? –dijo ella.

–¿Puede **bajar** un momento del coche? –preguntó Arturo.

La mujer lo miró con recelo y bajó del coche. Un **mayordomo** vino del jardín, la miró y le dijo:

–Señorita González, ¿quiere que saque las bolsas del coche y las deje en el salón?

–Sí, Julio, gracias.

–Usted es la señorita Lucía González, ¿verdad? –dijo Arturo.

–Sí, soy yo –ella le miró atentamente.

–Me llamo Arturo. He venido a hablar con usted. Es un asunto importante.

–¿Importante? ¿Qué **asunto importante** puede ser ese?

Arturo sonrió.

–**Sea lo que sea**, venga usted conmigo. Entre en casa, por favor.

Arturo siguió a la mujer dentro de su casa. La casa era muy grande, inmensa. Era realmente bonita.

–¿Todo esto es suyo? –preguntó Arturo.

–Sí. Cuando tenía 19 años, **monté una empresa** –hizo una pausa y miró a su alrededor–. ¿Qué puedo decir? **Me ha ido bien**.

–Ya lo veo. ¡Vaya! Debe de haber trabajado mucho.

–Muchísimo. Monté mi empresa y también estudié Derecho. Soy empresaria y abogada. Venga por aquí, por favor.

Arturo y Lucía subieron por las escaleras de la casa y llegaron a la puerta principal. La puerta principal era de madera, muy bonita. Su **diseño** era antiguo.

–¿Es antigua su casa? –preguntó Arturo.

Lucía sonrió.

–No, no lo es. Pero **se construyó** con un diseño antiguo. Tengo gustos tradicionales.

El mayordomo, Julio, llegó poco después. Traía el café de la tarde.

–Señor… –dijo Julio.

–Arturo, gracias.

–Señor Arturo, ¿quiere tomar algo?

–Sí, un café, gracias.

Lucía se quitó la chaqueta. **Hacía mucho calor**.

Julio volvió a hablarle a Arturo:

–**Permítame su chaqueta**, señor.

Arturo se quitó la chaqueta y se la dio al mayordomo. Este salió de la sala con la chaqueta.

El mayordomo volvió enseguida. Le sirvió el café a Arturo y después, les dejó a solas. Lucía se sentó y Arturo también. **Ambos** se miraron.

–Bienvenido a mi casa, Arturo. ¿Qué desea?

Arturo bebió un poco de café y luego dejó la taza en la mesita.

–Necesito saber un número –dijo con calma.

Al igual que David, Lucía se sorprendió.

–¿Un número?

–Sí, un número.

–¿Un número concreto?

–Sí. Intente recordarlo.

Lucía pensó por un momento. Intentó comprender lo que le decía Arturo. Intentó recordar algo, pero a diferencia de David, no recordó nada.

–**No sé a qué se refiere**. Por favor, si puede explicarse usted…

Arturo miró a su alrededor. La sala era enorme. Seguro que encontraba el segundo número en alguna parte. ¡Claro, la foto! Tenía que enseñarle a ella la foto.

–¿Puede usted llamar al mayordomo para que traiga mi chaqueta? –dijo Arturo.

–Claro.

Pocos segundos después, Julio apareció con la chaqueta de Arturo. Se la dio y volvió a irse. Arturo buscó dentro de su chaqueta. Tenía muchos bolsillos y era difícil encontrar la foto del cofre. Le **llevó un rato**. Lucía se estaba impacientando.

–¡Ya está! ¡Aquí la tengo! –se rio Arturo.

Arturo sacó la foto del cofre y la puso en la mesa. Lucía levantó la foto y la miró. Entonces se acordó de algo.

–No sé por qué… Pero me estoy acordando de algo.

–Piense, Lucía, piense –dijo Arturo.

Lucía se levantó del sofá y Arturo sonrió. **Iba por buen camino.**

–Venga conmigo, Arturo. No sé quién es usted ni qué quiere, pero me ha hecho acordarme de algo.

Ambos salieron de la casa y entraron en otro pequeño edificio al lado de la casa. A la entrada había un pequeño servicio y la habitación principal estaba llena de estatuas, obras de arte y otras cosas. Era como un pequeño museo privado.

Lucía encontró una pequeña caja. La abrió y ahí estaba. Un collar, igual que el de David. Muy antiguo, pero aún se podía leer el número que había dentro. Arturo miró el número del collar.

–Es todo lo que necesitaba saber –dijo con calma.

–Sigo sin comprender nada, señor Arturo. ¿Qué es lo que desea? El cofre me ha hecho recordar el collar, pero no sé por qué. ¿Lo sabe usted? ¿Es importante?

Arturo pensó por un momento.

–Tengo que irme ahora, Lucía, pero, por favor, no me pregunte más.

Le entregó una carta y dijo:

–Recuerde el número y lea esto. Le ayudará.

Arturo **se dio la vuelta** y salió de la casa de Lucía acompañado del mayordomo.

–Me voy a Bilbao. ¡Hasta pronto, Lucía!

Ella no se despidió. No sabía a qué había venido Arturo. Miró la carta. Todo parecía sospechoso, pero al mismo tiempo importante. Prefirió olvidarlo todo. Abrió la carta lentamente.

Anexo del capítulo 2

Resumen

Arturo viaja a Mallorca para ver a una mujer. La mujer se llama Lucía y vive en una casa muy grande. Cuando ve a Arturo, le invita a que entre en su casa. Arturo le habla del cofre. Le pide que se acuerde de un número. Al igual que David, ella recuerda el número. Le enseña a Arturo un collar antiguo. Después de saber el segundo número, Arturo le da una carta y se despide. Lucía lee la carta.

Vocabulario

caro/-a expensive

plantar to plant flowers

notar(se) to notice

cuidar to take care

por aquí y por allá here and there

llamar a la puerta to knock on the door

las gafas de sol sunglasses

presionar to press

bajar get out (of the car)

el/la mayordomo/-a butler

el asunto importante important matter

sea lo que sea in any case

montar una empresa to set up a company

Me ha ido bien. I've been doing well.

el diseño design

construir to build

Hacía mucho calor. It was very hot.

permítame su chaqueta let me take your jacket

ambos/-as both

No sé a qué se refiere. I don't know what you mean.

llevar un rato to take some time, to take a while

Iba por buen camino. He/She was on the right track.

darse la vuelta to turn around

Preguntas de elección múltiple

Seleccione una única respuesta para cada pregunta

6) La casa de Lucía ___.
   a. era grande
   b. era pequeña
   c. era de tamaño mediano
   d. no se sabe de qué tamaño era

7) El mayordomo se llama ___.
   a. Julio
   b. Arturo
   c. Carlos
   d. Lucía

8) Lucía recuerda algo relacionado con el número cuando ___.
   a. Arturo le habla sobre él
   b. Arturo le enseña la foto del cofre
   c. Arturo le habla de un cofre
   d. Arturo le habla de un collar

9) Lucía ___.
   a. no entiende lo que ocurre
   b. sabe lo que está haciendo Arturo
   c. no va a dejar que Arturo se divierta
   d. no puede ayudar a Arturo

10) Después de despedirse de Lucía, Arturo ___.
    a. viaja a Bilbao
    b. viaja a Madrid
    c. alquila una habitación de hotel en Mallorca
    d. vuelve a su casa

Capítulo 3 – Bilbao

En el aeropuerto de Palma, Arturo compró comida para el viaje. Necesitaba un buen descanso. Estaba sintiéndose cansado. Entonces recordó. Solo había una persona más que tenía que ver. ¡Por fin su misión estaría terminada!

Arturo tomó el vuelo a Bilbao. Poco después llegaba al aeropuerto de Bilbao. Como siempre, tomó un taxi. Todavía **le quedaba mucho camino por recorrer.**

El taxista era muy amable y lo llevó a la ciudad. Allí, pasaron cerca del Guggenheim y Arturo vio lo grande que era el museo. Arturo le preguntó al taxista:

–¿**Ha estado alguna vez** dentro del Guggenheim?

–Sí, hace un mes estuve con mi familia.

–¿Y le gustó?

–Sí, es muy bonito por dentro. Pero el arte que hay dentro del museo es muy raro.

–¿Raro?

–Sí, es arte muy moderno. A mí me gusta más el arte tradicional.

–A mí también –dijo Arturo–. Siempre he preferido las cosas tradicionales. Miró a través de la ventana mientras el taxi se movía.

Finalmente, Arturo llegó al centro de Bilbao. Le pagó al taxista y cerró la puerta del taxi. Caminó por el centro de la ciudad. Bilbao era una ciudad bonita.

Tanta gente y **tantas cosas que ver.** ¡Tenía que concentrarse! Estaba a punto de terminar su misión.

No recordaba exactamente adónde tenía que ir. La casa de la tercera persona que tenía que ver estaba en algún lugar de Bilbao. Pero no estaba seguro de dónde. Decidió preguntar:

–Disculpe. **¿Cómo puedo ir hasta aquí?**

Arturo le mostró un mapa. En el mapa aparecía un puerto. Cerca del puerto aparecía un lugar señalado en rojo. Era la casa de la tercera persona.

El hombre miró el mapa.

–¡Ah! Conozco ese lugar –dijo. Y le enseñó a Arturo el camino.

–¡Gracias! ¡Es usted muy amable! –dijo Arturo mientras se iba.

Arturo anduvo durante media hora. No quería volver a tomar un taxi. Estaba cansado de estar sentado. Era **sano** caminar. Quería caminar. Estaban **sucediendo** cosas importantes. Le daba tiempo para pensar en ellas.

Al final, llegó a una calle donde se encontraba una casa pequeña hecha de madera. Al lado de la casa de madera había una iglesia muy antigua y un pequeño puerto, con varios barcos. Los barcos no eran del propietario de la casa, pero él **gestionaba los alquileres**.

Arturo **cruzó** la calle. Llegó rápidamente a la pequeña casa.

–¡Espero que esta vez haya alguien! –dijo, acordándose de Lucía en Mallorca. No quería esperar. Él también era impaciente a veces.

Llamó a la puerta una vez. Esperó. Llamó una segunda vez. Por fin alguien abrió. Era un hombre joven, de unos 25 años. Parecido a Arturo, pero sin la barba.

–¡Hola! –dijo el joven–, **¿puedo ayudarle en algo?** ¿Quiere alquilar un barco? ¿Quizás un viaje en barco?

–Ah, no –Arturo dijo Arturo. Me llamo Arturo – continuó–. Solo quería hablar con usted.

–¡Nada de «usted»! Puedes llamarme Antxon.

–Está bien… Quería hablar contigo.

–Claro, Arturo. **Pasa**.

Arturo miró a su alrededor. La casa era muy tradicional y simple. El propietario parecía tradicional y simple también. Vestía ropa sencilla. Tenía gustos tradicionales. Todo estaba limpio y ordenado.

–¿Y bien? –le dijo Antxon mirando expectante a Arturo.

–¿Sí? –dijo Arturo con calma.

–Querías hablar conmigo.

Arturo comenzó a hablar. Pero se dio cuenta de algo. Antxon tenía un **anillo**. En ese anillo aparecía un número. Arturo empezó a reírse.

–¿Qué ocurre, Arturo? –dijo Antxon preocupado.

–Pensaba que iba a ser más difícil.

–¿El qué?

–Ese anillo tuyo… ¿Quién te lo dio?

–Fue un regalo que me hicieron hace muchos años, cuando era niño. No me acuerdo de quién me lo dio. Creo que antes era un collar.

Arturo vio el número que tenía. Ya tenía el tercer número. Tenía los tres números y su misión estaba completada… casi. Había algunas cosas más que hacer.

Miró a Antxon a los ojos.

–Antxon te voy a explicar lo que ocurre. Yo tengo un cofre. Esta es la foto.

Sacó la foto del cofre y se la enseñó a Antxon.

–El cofre tiene un candado. Necesitamos tres números para abrirlo, y esos tres números los tienen tres personas diferentes.

Antxon lo miró con extrañeza. Y después preguntó:

–¿Y qué contiene el cofre?

–De momento no puedo decírtelo.

–Pero, ¿por qué yo tengo uno de los números?

Arturo no quería explicarle nada más. Tenía que terminar su visita.

–Antxon, toma esta carta y léela. Esta carta también la tienen las otras dos personas. Las cartas son idénticas. Te diré lo que tienes que hacer. Ahora me tengo que ir. **Confía** en mí y hasta pronto.

Arturo se fue de la pequeña casa. Antxon estaba tan sorprendido que no sabía qué hacer. Abrió la carta. Decía así:

«*Queridos David, Lucía y Antxon:*

*Gracias por leer mi carta. Como sabéis, os he ayudado a encontrar un número. Hay otras dos personas que tienen un número también. Esos tres números abren un cofre que está en Barcelona. Está en mi casa. Quiero que los tres **os reunáis** conmigo allí dentro de tres días. Podréis abrir el cofre con vuestros tres números.*

No tengo nada más que deciros. **Dentro de poco sabréis** *quién soy. Pero hoy no es ese día. ¡Buen viaje!*
Un saludo,
Arturo»

Tres días después, David, Lucía y Antxon llegaron a Barcelona, a la dirección que aparecía en la carta.

Lucía y Antxon fueron los primeros en llegar a la casa de Arturo. Después llegó David.

–Hola –dijo David.

–Hola –dijeron Lucía y Antxon.

Los tres callaron unos segundos hasta que al final David dijo:

–¿Qué hacemos aquí?

–¿Los dos habéis leído la carta? –dijo Lucía.

–Sí –dijeron los dos jóvenes.

–No tengo ni idea de qué es todo esto –añadió David.

–Bien. Entonces, entremos y **descubrámoslo** –dijo Lucía y llamó a la puerta.

Arturo escuchó que llamaban a la puerta y abrió enseguida. Estaba bien vestido. Les había estado esperando. Después de todo, era un evento muy especial.

–Hola –dijo con calma–. Gracias por venir.

Los tres entraron en la casa. Era sencilla y estaba muy ordenada. Había muchos libros y revistas. Arturo les ofreció café, pero nadie quiso. Estaban demasiado nerviosos. Finalmente, Arturo sonrió y dijo:

–Seguidme.

Les llevó a una habitación. En el centro estaba el cofre. David, Lucía y Antxon corrieron hacia el cofre. Todos tenían sus números. Estaban listos para abrirlo.

Cada persona introdujo un número. David comenzó y después fue el turno de Lucía. Finalmente, llegó el turno de Antxon. Cuando **introdujo** su número, el candado hizo un ruido y Arturo abrió el cofre. Estaba lleno de cosas. Encima de las cosas había otra carta.

Antxon se rio:

–¡Ja, ja! ¿Otra carta? **¡No me lo puedo creer!**

–¿Alguien quiere leerla? –dijo Lucía.

–Yo la leeré –dijo David.

David cogió la carta del cofre y se la leyó a los demás:

«*Hola David, Lucía y Antxon. Gracias por venir. Os he traído aquí por un propósito especial. Todos sabéis que fuisteis niños adoptados. Lo **comprobé** en una agencia*».

A David **le temblaban las manos**.

–¿Vosotros también fuisteis adoptados?

–Sí –dijo Antxon.

–Yo también. Sigue leyendo –dijo Lucía.

«*Los tres… Sois hermanos. Yo soy vuestro tío. Vuestra madre era mi hermana. Ella y vuestro padre **murieron** en un accidente. Ocurrió justo después del nacimiento de David. Estas son sus cosas. Lo mismo que los collares. Han pertenecido a la familia durante generaciones.*

*Después de esa pérdida tan terrible, yo era el único miembro que quedaba de vuestra familia. Intenté mantenernos juntos como una familia tradicional, pero solo no podía cuidar de un bebé y de dos niños pequeños. Tuve que entregaros en adopción. Quería **asegurarme***

de que tendríais padres cariñosos. Quería que tuvierais la
mejor vida posible.

Ahora que ya sois adultos, era el momento. Quería
deciros que tenéis más familia, además de la familia que
conocéis y queréis. Mirad a vuestro alrededor. Tenéis a
vuestros hermanos y a vuestra hermana. Tenéis a vuestro
tío.

    Con cariño,
    Arturo»

David, Lucía y Antxon se miraron. Se dieron la
vuelta y allí estaba: era su tío Arturo. Lo miraron y
sonrieron.

–Tengo tanto que contaros... –dijo Arturo llorando.

Anexo del capítulo 3

Resumen

Arturo viaja a Bilbao. Llega a la casa de la tercera persona, Antxon. Consigue el tercer número. David, Lucía y Antxon leen las cartas de Arturo. Este les pide que vayan a su casa en Barcelona. Van a encontrar el cofre. Está en la casa de Arturo. Usan los números para abrir el cofre. Contiene muchas cosas, entre ellas una carta. La carta explica que son hermanos. Arturo es su tío.

Vocabulario

le quedaba mucho camino por recorrer he/she had a long way to go

¿Ha estado alguna vez...? Have you ever been...?

tantas cosas que ver so many things to see

¿Cómo puedo ir hasta aquí? How can I get here?

sano/-a healthy

suceder to happen

gestionar los alquileres to manage the rentals

cruzar to cross

¿Puedo ayudarle en algo? What can I do for you?

pasar to come in

el anillo ring

confiar to trust

reunirse to meet

dentro de poco shortly

saber to know

descubrir to find out

introducir to enter (a code)

¡No me lo puedo creer! I cannot believe it!

comprobar to check

le temblaban las manos his/her hands were shaking

morir to die
asegurarse to make sure

Preguntas de elección múltiple
Seleccione una única respuesta para cada pregunta

11) Arturo viaja por último a ___.
    a. Madrid y a Palma
    b. a Palma
    c. a Bilbao y a Barcelona
    d. a Barcelona

12) Arturo habla con el taxista sobre ___.
    a. la familia del taxista
    b. la familia de Arturo
    c. un museo
    d. su viaje a Bilbao

13) Antxon, la tercera persona de la misión de Arturo, vive ___.
    a. cerca de un parque
    b. en un barco
    c. en un pueblo pequeño
    d. al lado de un puerto

14) Al final, el cofre contiene ___.
    a. solo una carta
    b. una carta y algunas cosas más
    c. una carta de sus padres
    d. dinero

15) David, Lucía y Antxon son ___.
   a. primos
   b. hermanos
   c. amigos
   d. niños

Tierras desconocidas

Capítulo 1 – Los exploradores

Hace cientos de años, existió una civilización, la de los vikingos. Los vikingos vivían en el norte de Europa. Sus tierras eran muy frías y poco **fértiles**. **Se dice** que por eso, los vikingos, **en parte**, buscaron nuevas tierras.

En esa época, existía un pueblo vikingo llamado Asglor. Allí vivía un muchacho de no más de 20 años, que se llamaba Thoric.

Thoric era muy fuerte y **valiente** para su edad. Era muy alto y guapo. Tenía el pelo castaño y largo, una nariz **prominente**, la boca ancha y fuertes brazos y piernas.

Una tarde, Thoric volvió de **cazar** como cada día. El pueblo estaba lleno de gente. El sol **brillaba**. Hacía un poco de frío.

Cuando volvía a casa, Thoric vio a un conocido explorador, Niels. Niels solía pasar mucho tiempo fuera del pueblo de Asglor. Exploraba nuevas tierras para poder cultivar. Thoric le saludó.

–¡Hola! –dijo.

–¡Thoric! –respondió Niels.

–Niels, ¿te vas a quedar mucho tiempo en el pueblo?

–Sí. Me quedo dos noches más.

–¿Y adónde vas a ir luego?

–No lo sé exactamente. El **jefe** Eskol dice que es un lugar muy **lejano**.

Thoric respetaba a Eskol, su jefe. Era un hombre muy robusto, con el pelo más largo que él había visto nunca. Tenía grandes **músculos** y una **voz grave**.

Eskol era un hombre muy **estricto**. Tenía muchas **reglas** y leyes. A veces era algo **mezquino**. Pero la gente y su ejército lo respetaban. La mayoría lo consideraban un buen líder.

–¿El jefe Eskol tiene nuevos planes? –preguntó Thoric con interés.

–Sí. No ha dicho cuáles son. Solo ha dicho que tenemos que ir más lejos.

El jefe Eskol a menudo enviaba **expediciones** a explorar territorios fuera del pueblo. Asglor era un lugar pequeño situado al lado de las montañas y de un pequeño lago. Cerca había un río que llevaba al mar. En verano abundaban los alimentos. Pero en invierno, cuando no había animales ni plantas, los alimentos **escaseaban**. El jefe Eskol sabía que había que encontrar pronto nuevas tierras.

–Bien –dijo Thoric–. No quiero más problemas de escasez este invierno.

–Yo tampoco. Mi familia necesita comer mejor. No puedo darles carne siempre –dijo Niels.

Thoric nunca había conocido personalmente a los hijos de Niels, pero sabía quiénes eran. A veces, en alguna expedición, estaban con el grupo.

–Niels, tengo que irme –dijo Thoric finalmente. Tengo que limpiar los animales que he cazado hoy. Mi familia quiere vender la carne.

–Está bien, muchacho. Que tengas un buen día.

Thoric volvió a su casa y habló con sus padres y con su hermana. Ellos eran una familia de **granjeros**. Poseían un pequeño terreno. **Se ganaban la vida** con las **cosechas.** También vendían la carne de los animales que Thoric cazaba.

Aquella noche después de cenar, Thoric no podía dormir. Pensó mucho. ¿Adónde iba a ir el jefe Eskol? ¿Por qué tanto misterio? ¿Qué era esta nueva expedición?

Dos días después, Thoric fue de nuevo a cazar. Cada día había menos animales en las montañas. El invierno estaba cerca y ya era más difícil encontrar **presas**.

Cuando volvía de cazar, volvió a encontrarse con Niels. Iba caminando deprisa.

–¡Thoric! ¡Ven, rápido! –le llamó.

–¿Qué ocurre, Niels?

–El jefe Eskol nos ha llamado. Todo el pueblo debe asistir a la reunión.

–¿Va a contarnos sus planes?

–¡Seguramente sí! Tengo que irme. ¡Lleva la carne a casa y ven rápidamente!

Thoric volvió a su casa para dejar los animales que había cazado. Su familia no estaba. Ya habían salido para ir a la reunión con el jefe Eskol.

Niels y Thoric entraron en el Gran Salón. Era la casa del jefe Eskol. Allí vivía con su mujer y sus cuatro hijos. Toda la gente que **servía** a su familia vivía allí.

El Gran Salón era un edificio de madera muy grande, con estatuas de los dioses vikingos. Dentro también se hacían **charlas** y reuniones. Cuando había algún asunto importante que comunicar al pueblo, el jefe Eskol hacía un llamamiento y reunía a todos. **Y así lo hizo esta vez**.

Anexo del capítulo 1

Resumen

Thoric es un cazador vikingo. Vive en un pueblo llamado Asglor. El pueblo de Asglor lo gobierna el jefe Eskol y Niels es un explorador conocido. Niels le dice a Thoric que el jefe Eskol tiene nuevos planes. Quiere explorar tierras lejanas. El jefe Eskol hace un llamamiento al pueblo para celebrar una reunión. Todos van a escuchar las noticias importantes. Thoric y Neils van también.

Vocabulario

fértil fertile
se dice it is said
en parte in part, partly
valiente brave
prominente prominent
cazar to hunt
brillar to shine
el/la jefe/-a boss, chief
lejano/-a far away
el músculo muscle
la voz grave deep voice
estricto/-a strict
la regla rule
mezquino/-a mean
la expedición expedition
escasear to be in short supply
el/la granjero/-a farmer
ganarse la vida to make a living
la cosecha crop
la presa hunting prey
servir to serve

la charla talk

Y así lo hizo esta vez. And so he did this time.

Preguntas de elección múltiple

Seleccione una única respuesta para cada pregunta

1) Thoric es ___.
   a. un explorador
   b. un cazador
   c. el jefe
   d. un granjero

2) Niels es ___.
   a. un explorador
   b. un cazador
   c. el jefe
   d. un granjero

3) Eskol es ___.
   a. el explorador jefe
   b. un sacerdote
   c. un granjero
   d. el jefe del pueblo

4) El pueblo de Asglor ___.
   a. tiene suficientes alimentos para todo el año
   b. necesita más alimentos en verano
   c. necesita más alimentos en invierno
   d. necesita más cazadores

5) Neils piensa que la reunión es probablemente sobre
___.

   a. la escasez de alimentos que hay en Asglor ahora
   b. los planes de exploración de Niels
   c. los planes de caza de Thoric
   d. los planes de exploración del jefe Eskol

Capítulo 2 – El mar

La reunión fue tal y como Thoric esperaba. Era sobre los planes de exploración del jefe Eskol. Quería viajar más lejos, mucho más lejos. Quería atravesar las montañas y el lago. Quería bajar por el río hasta llegar al mar. Quería que la nueva expedición fuera tan lejos hacia el oeste como fuera posible.

La gente estaba sorprendida, incluidos Thoric y Niels. Pero todos estaban de acuerdo con la expedición. Empezaron a organizarla.

Transcurrió un mes. Fue un mes que **se hizo muy largo.** El invierno estaba cerca. La gente de Asglor sabía que necesitarían más alimentos pronto. Querían evitar la escasez de alimentos. Afortunadamente, los barcos estaban ya casi terminados. **Con suerte,** este sería el último invierno en el que pasarían hambre.

Niels supervisaba la construcción de los barcos. Estaban hechos de la madera de los árboles de un bosque cercano al río. El jefe Eskol visitaba a menudo el lugar de construcción para ver el progreso.

–Dime, Niels –dijo Eskol–, ¿cuándo podremos **navegar**? Ya veo que algunos barcos están ya en el río.

Después añadió seriamente:

–Tenemos que **zarpar** pronto.

–No lo sé, jefe, puede que dentro de una semana, quizás menos.

–¿Solo una semana? ¡Excelente!

–Sí, la madera es buena y los obreros son muy **hábiles** –dijo Neils.

Unos días más tarde, el jefe Eskol dio una segunda charla en el Gran Salón para decidir quiénes irían en los barcos. Solo había espacio para 75 personas. Uno por uno, hubo voluntarios que **levantaron la mano**. La mayoría eran guerreros. Estaban muy bien **entrenados**.

Thoric también quería ir. Aunque no era un guerrero, era muy bueno cazando. Los alimentos eran siempre importantes en una expedición.

–No sabes qué comida habrá allí –le dijo Thoric al jefe. Necesitaréis cazadores y yo puedo cazar en cualquier lugar y cualquier cosa.

Finalmente, el jefe Eskol le dijo:

–Está bien, Thoric. Ven con nosotros.

Ahora Thoric **tenía muchas ganas de** zarpar con la expedición. Quería conocer tierras lejanas.

Cuando llegó el día, Niels, Thoric, el jefe Eskol y el resto de los vikingos se subieron a los barcos. Rezaron a los dioses para que les ayudaran. Las mujeres y sus familias se despidieron de los guerreros. La mujer de Eskol gobernaba el pueblo cuando él estaba fuera. Fue para despedirse de los hombres también. Finalmente, se subieron a los barcos. La expedición comenzó.

Los tres barcos viajaron hacia el oeste. Los barcos estaban en condiciones excelentes y todo el mundo parecía contento. Las primeras semanas transcurrieron **sin novedad**.

Varias semanas después, los barcos continuaban avanzando, pero no se veía tierra. Solo se veía agua. Ni siquiera veían **pájaros**. Los pájaros indicaban que había tierra cerca. Algunos de los vikingos comenzaron a hacer preguntas al jefe Eskol.

–Jefe Eskol, ¿estás seguro de que hay tierra en el oeste? –preguntó un hombre.

–Sí, estoy seguro.

–¿Qué pasará si no encontramos tierra?

El jefe Eskol gritó con **furia**:

–**¡Vamos a encontrar tierra!** Hay tierra hacia el oeste. Alguien me lo dijo. Alguien que la vio con sus propios ojos. **¿Queda claro?**

–Pero… Pero… –dijo el hombre.

No estaba seguro de qué decir o hacer. Finalmente dijo:

–¿Pero quién? ¿Quién te lo dijo?

–**Fuera de mi vista**.

Era un buen jefe, pero su carácter era muy fuerte. Eskol era fuerte y enérgico. No le gustaba que le hiciesen demasiadas preguntas. Pero los hombres no tenían su fe. No estaban seguros de que hubiera tierra cerca.

Decidió hablar al resto de los vikingos del barco:

–¡Hay tierra en el oeste! ¡Lo puedo **probar**! ¿Queda claro? ¡Tengo pruebas!

Levantó un pedazo de **tela** con dibujos extraños.

–¡Me vais a creer! ¡Sé que está ahí!

El resto de los vikingos no preguntaron nada más y siguieron **remando**. Pero todos tenían una pregunta en su mente: «¿Quién le había dicho al jefe Eskol que había tierra al oeste? ¿De dónde había sacado la prueba?»

Más tarde, aquel mismo día, de repente comenzó a llover. El viento se hizo más rápido. El agua comenzó a **agitarse**. Era la tormenta más fuerte que habían visto hasta entonces. Los barcos apenas podían navegar. Los vikingos intentaron mantener los tres barcos unidos.

Por fin pasó la tormenta. El jefe Eskol podía ver el cielo de nuevo. Comprobó dónde estaban los barcos. **Se enfadó**. ¡La tormenta **había cambiado el rumbo de los barcos**! Ahora no estaban seguros de dónde estaban. El jefe no podía decírselo a sus hombres. Lo único que podía hacer era confiar en que todo iría bien. Tenían que encontrar tierra si iban hacia el oeste.

Días después, mientras todos dormían, Thoric se despertó. Miró al cielo. Era temprano. Vio algo. Al principio no se lo podía creer. Miró de nuevo. Sí, ¡estaban allí! Thoric corrió hacia Niels y lo despertó:

–¡Niels! ¡Niels, despierta! –gritó.

–¿Qué ocurre? –dijo el explorador sin abrir los ojos.

–¡Hay pájaros en el cielo!

–¿Y qué?

–¡Hay pájaros en el cielo! ¡Hay tierra cerca!

Niels abrió los ojos. Miró al cielo. Allí, hacia el oeste, vio pájaros.

–¡Por los dioses! ¡Es verdad!

Niels se levantó y fue a hablar con el jefe. Thoric fue con él.

–¡Jefe Eskol, despierta! –gritó Niels.

El jefe Eskol se despertó rápidamente.

–¿Niels? ¿Thoric? ¿Qué ocurre?

–¡Hay pájaros en el cielo! –gritó Niels.

–¡Hay tierra! –gritó Thoric.

El jefe Eskol se levantó rápidamente y gritó a los capitanes de los tres barcos:

–¡Hay que remar! ¡Vamos! ¡Despertad todos! ¡Hay tierra cerca!

Después gritó a los hombres:

–¡Tenéis que remar! ¡Vamos!

Remaron con mucha fuerza y vieron tierra por fin. Thoric y Niels sonreían. El jefe Eskol no sonrió. Él nunca sonreía. Pero por lo menos, no parecía enfadado.

El jefe Eskol mandó a los barcos parar en una playa cercana. La playa era muy grande y había muchos árboles y **colinas** cerca. Era un lugar precioso.

Los vikingos bajaron de sus barcos y pisaron la playa.

Thoric habló con Niels:

–Niels, ¿qué es este lugar?

–No lo sé, Thoric, no se parece a ningún otro lugar que yo recuerde.

–Necesitamos explorar más allá de la playa.

–Estoy de acuerdo.

El jefe Eskol llamó a los hombres. Se organizaron en pequeños grupos. El jefe dijo:

–Necesitamos comida. **Apenas nos queda nada**. Tenéis que cazar varios animales.

Thoric y Niels cazaron juntos, pero nada les parecía normal. Los árboles eran diferentes. Los sonidos eran diferentes. Incluso los animales eran diferentes. Pero los hombres tenían hambre. Los mataron y comieron los animales desconocidos. La carne era diferente, pero no era peor que la carne a la que estaban acostumbrados.

Por la noche, el jefe Eskol habló a los vikingos en la playa:

–Ya tenemos comida y estamos agradecidos por ello, pero ahora necesitamos explorar. Tenemos que ver qué es lo que hay más allá de la playa. Tenemos que averiguar si este lugar es apropiado para cultivar. Si podemos cultivar aquí, vendrán más vikingos.

Uno de los vikingos dijo:

–¿Cómo sabemos dónde estamos? La tormenta nos llevó lejos de nuestro rumbo.

El jefe Eskol calló durante varios minutos. Era una de las pocas ocasiones en que no contestaba. Al final, no dijo nada. Ignoró la pregunta del hombre y dijo:

–Tenemos que explorar este lugar. Mañana al **amanecer** empezaremos.

Anexo del capítulo 2

Resumen

El jefe comunica su plan al pueblo. La expedición navegará hacia el oeste. Thoric y Niels son seleccionados para ir en el viaje. Unas semanas después de empezar la expedición, los hombres de Eskol temen que no encontrarán tierra. El jefe Eskol dice que tiene la prueba de que hay tierra. Más tarde, ese día, hay una tormenta que cambia el rumbo de los barcos. Ven tierra por fin y salen de los barcos. Cazan animales. Planean empezar a explorar al día siguiente.

Vocabulario

transcurrir to pass (time)
se hizo muy largo it became very long
con suerte with luck
navegar to sail
zarpar to set sail
hábil skilful
levantar la mano to raise one's hand
entrenado/-a trained
tener muchas ganas de to look forward to
sin novedad with no changes
el/la pájaro/-a bird
la furia fury
¡Vamos a encontrar tierra! We're going to find land!
¿Queda claro? Do you understand?
fuera de mi vista move out of my sight
probar to prove
la tela cloth
remar to row, to paddle
agitarse to shake
enfadarse to get angry

había cambiado el rumbo de los barcos had changed the
course of the boats

la colina hill

Apenas nos queda nada. There's barely enough.

amanecer to dawn

Preguntas de elección múltiple

Seleccione una única respuesta para cada pregunta

6) ¿Cuántos vikingos forman parte de la expedición?
a. 50
b. 60
c. 75
d. 85

7) ¿Cuántos barcos hay en la expedición?
a. dos
b. tres
c. cuatro
d. cinco

8) En medio del viaje, los barcos ___.
a. son atacados por otros vikingos
b. no pueden mantenerse juntos
c. empiezan a llenarse de agua
d. se encuentran con una tormenta

9) ¿Quién es el primero en ver los pájaros en el cielo?
a. Thoric
b. Niels
c. el jefe Eskol
d. el padre de Neils

10) ¿En qué orden planean los vikingos hacer estas cosas?
   a. explorar el terreno, cazar y cultivar.
   b. recoger comida, cazar y explorar el terreno.
   c. cazar, recoger comida y explorar el terreno.
   d. cazar, explorar el terreno y cultivar.

Capítulo 3 – La decisión

Los hombres se despertaron al amanecer y desayunaron. Tenían algunas **provisiones** del viaje y carne de lo que habían cazado.

Thoric fue a hablar con el jefe Eskol en cuanto terminó.

–Buenos días, jefe.

–Hola, Thoric. ¿Querías algo?

–Quería hablar contigo.

–Dime.

Thoric quería preguntarle una cosa.

–Al principio del viaje, los hombres **dudaban**. Preguntaban mucho porque no sabían si había tierra al oeste. Pero al final, fuiste un buen líder y llegamos a salvo a esta tierra.

–Sí. **Vete al grano**, Thoric.

–El hombre que te contó todo. El que te dio la prueba. ¿Quién era?

–¿El hombre que me dijo que existían estas tierras?

–Sí, exacto.

El jefe Eskol miró a su alrededor.

–¿Qué ocurre? –preguntó Thoric.

–¿Dónde está Niels?

–Está durmiendo, creo.

–El hombre que me contó eso, era su padre.

–¿Su padre?

–Sí.

Thoric se sorprendió mucho. ¿El padre de Niels era aquel hombre misterioso? Pero el padre de Niels estaba muerto.

Thoric no entendía.

–Pensaba que el padre de Niels había muerto en una expedición hacia el este –dijo–. En una caída en las montañas.

–No. Eso fue una mentira. Yo lo envié hacia el oeste. Era un misión secreta. **Nadie sabía nada**.

–¿Lo enviaste aquí? ¿Lo enviaste a esta tierra? ¿Solo?

–No. Lo envié al oeste **junto con** otros 13 hombres. Dos de ellos murieron en el camino. Ocho hombres murieron aquí. El padre de Niels y otros dos hombres lograron volver. Murieron al llegar al pueblo o poco después. Estaban **exhaustos**. Antes de morir, me habló de esta tierra. Y me dio esto.

Eskol **tiró** la tela con dibujos en la mesa. Tenía algún tipo de escritura. Thoric no había visto nunca nada así. Miró al jefe. Sí, quizás el jefe Eskol tenía alguna prueba. Ahora. ¿Pero qué prueba tenía **en aquel entonces**?

–¿Cómo lo sabías? –preguntó Thoric–. ¿Por qué enviaste a tus hombres hacia el oeste, donde pensabas que solo había mar?

–Tenía un presentimiento.

–¿Tenías un presentimiento? ¿El padre de Niels murió porque tú tenías un presentimiento y decidiste arriesgar su vida? Si se entera, nunca te lo **perdonará**.

El jefe Eskol cogió a Thoric del brazo.

–No debes contarle esto a Niels. Niels es el mejor explorador que tenemos. Casi tan bueno como su padre. No podemos permitir que ahora **se distraiga**. Lo necesitamos.

Thoric asintió.

–Entendido.

–Ahora, vuelve con los hombres.

Poco después, todos los vikingos cogieron sus armas, atravesaron la playa y entraron en el bosque. Estaban listos para la acción. Niels **iba a la cabeza** del grupo. Hacía mucho calor. Varios de los hombres se quitaron las **armaduras.**

Caminaron durante horas. De repente, detrás de una colina, vieron algo. Era una pequeña comunidad. Se podría decir que era un pueblo. Niels hizo un gesto con su mano y todo el grupo **se detuvo** inmediatamente.

Niels, Eskol y Thoric se acercaron. El pueblo era extraño. Las casas les parecían extrañas. Había hombres, mujeres y niños de piel oscura. Llevaban ropas extrañas y hablaban una lengua muy rara. Los hombres no sabían qué pensar.

El jefe Eskol fue el primero en avanzar hacia el pueblo. El resto del grupo lo siguió. Al principio, los nativos se asustaron mucho y algunos corrieron a sus casas, pero el jefe Eskol les hizo un gesto calmado.

–¡No queremos **haceros daño**! –dijo en voz baja. Y repitió estas palabras con gestos simples.

Después de un rato, el jefe del pueblo apareció ante Eskol y le ofreció una bebida. El jefe Eskol bebió. El hombre miró a Eskol y dijo «agua» en lengua vikinga. ¡Sabían hablar su lengua!

El jefe Eskol habló con el jefe del pueblo durante varias horas y entendió muchas cosas. El jefe le explicó por qué hablaba la lengua vikinga. La había aprendido de la primera expedición. Los vikingos habían hablado con él.

Después, el jefe del pueblo explicó qué les había pasado a los hombres de la primera expedición. La gente del pueblo no les había matado. Habían intentado ayudarles. Ellos no quisieron su ayuda y murieron. Algunos fueron **devorados** por animales. Algunos murieron porque comieron comida **venenosa**. Algunos murieron a causa de enfermedades.

Después de hablar con el jefe del pueblo, el jefe Eskol reunió a los vikingos y les dijo:

–Caballeros, he aprendido muchas cosas. Antes de nosotros hubo vikingos aquí. No escucharon a la gente del pueblo y murieron.

Miró a su alrededor, a sus hombres, estaba muy serio. Eskol continuó.

–El jefe del pueblo me ha dicho que algunos de los vikingos se fueron. Intentaron volver a su tierra –hizo una pausa–. Yo he visto a estos hombres –continuó–. Me hablaron de esta tierra. Ellos ya murieron también. Murieron de agotamiento después del viaje.

Los hombres se miraron entre sí. Entonces, así fue como Eskol tuvo noticias sobre las tierras del oeste.

Eskol no había terminado. Se quedó muy silencioso, y dijo:

–Tenemos que tomar una decisión. No sabemos dónde estamos. La tormenta nos cambió el rumbo.

Los vikingos callaron durante varios minutos.

El jefe Eskol siguió hablando:

–Ahora tenemos que decidir. ¿Nos quedamos aquí? ¿Aprendemos a vivir en esta sociedad? Si aprendemos, la gente de esta comunidad nos ayudará. Nos proveerán de alimentos. Nos enseñarán –miró a los hombres a su alrededor –. ¿O intentamos volver a casa y nos arriesgamos al agotamiento y a la muerte?

El jefe Eskol miró a los nativos y dijo:

–Esta buena gente conoce la tierra. Pueden cultivarla. Pueden cazar. Nos han ofrecido quedarnos aquí. Para mí está claro. **Me quedo.**

Los hombres miraron al jefe Eskol. Uno dijo:

–¿Vamos a abandonar a nuestras familias? ¿A no ver a nuestros amigos de nuevo?

Otro hombre gritó:

–¡Mira nuestros barcos! ¡La tormenta los ha destrozado! ¡No podemos regresar a salvo con barcos en este estado!

El jefe Eskol miró sus hombres:

–Los dos tenéis razón. Por eso tenéis que elegir. Si queréis iros, sois libres de iros. No os forzaré a quedaros. Si elegís quedaros, sois bienvenidos. Pero a partir de ahora, no soy vuestro jefe, soy solo uno más.

En los días siguientes, se formaron dos grupos. Un grupo decidió quedarse en las nuevas tierras. Intentarían establecer una nueva sociedad vikinga. El segundo grupo se iría en los dos barcos menos dañados. Intentarían volver a casa.

Un mes más tarde, el segundo grupo abandonó las tierras. Los hombres del primer grupo les vieron navegar lejos. Al mismo tiempo, el jefe Eskol habló:

–Las cosas no siempre salen como uno planea.

–No –respondió Niels mirando a su antiguo jefe–. Tú querías ayudar a nuestro pueblo. Las cosas no salieron como esperábamos. Pero este es un buen lugar. Podemos vivir aquí.

–Sí –dijo Thoric–. Es interesante. Es bueno estar en un lugar nuevo con cosas nuevas.

–Y podemos seguir explorando –continuó Neils–. Podemos encontrar **desafíos** nuevos e interesantes. No te preocupes. Seremos felices.

Entonces sonrió y dijo:

–«Jefe».

Los hombres se rieron. Estaban listos para su nueva expedición: explorar un nuevo mundo. Uno que más tarde se llamaría América del Norte.

Anexo del capítulo 3

Resumen

El jefe Eskol le cuenta a Thoric cómo había oído hablar sobre las tierras del oeste. Había enviado una expedición allí antes. Solo tres hombres habían vuelto. Uno fue el padre de Niels. Murió de agotamiento poco después. Los hombres de Eskol exploran las nuevas tierras y encuentran un pueblo pequeño. El jefe del pueblo habla la lengua vikinga. Les dice que la gente del pueblo no había matado a los vikingos de la primera expedición. Habían intentado ayudarles. Eskol les dice a sus hombres que elijan entre irse o quedarse. Algunos hombres deciden hacer el peligroso viaje de regreso. Eskol, Niels Y Thoric deciden quedarse. Quieren explorar las nuevas tierras. Las tierras se convierten después en América del Norte.

Vocabulario

las provisiones supplies
dudar to doubt
Vete al grano. Get to the point.
Nadie sabía nada. Nobody knew anything.
junto con together with
exhausto/-a exhausted
tirar to throw
en aquel entonces at that time
perdonar to forgive
distraerse to get distracted
ir a la cabeza to be the frontrunner
la armadura armour
detenerse to stop
hacer daño to harm

devorado/-a devoured
venenoso/-a poisonous
quedarse to stay
En los días siguientes the following days
el desafío challenge

Preguntas de elección múltiple

Seleccione una única respuesta para cada pregunta.

11) El hombre que le habló al jefe Eskol sobre las tierras del oeste era ___.
    a. el padre de Eskol
    b. el padre de Thoric
    c. el padre de Niels
    d. su propio padre

12) Cuando exploran las nuevas tierras, Eskol y su hombres se encuentran con ___.
    a. más animales
    b. un grupo de vikingos
    c. un grupo de nativos
    d. un gran volcán

13) Se forman dos grupos de vikingos porque ___.
    a. tienen hambre
    b. quieren pelear
    c. unos quieren quedarse y otros quieren volver a su pueblo
    d. ninguna de las opciones anteriores

14) El jefe Eskol decide ___.
   a. volver al pueblo
   b. seguir explorando
   c. quedarse
   d. pelear

15) Un grupo vuelve a Asglor en ___.
   a. un barco
   b. dos barcos
   c. tres barcos
   d. ninguna de las opciones anteriores

Laura, la mujer invisible

Capítulo 1 – El incidente

Laura es una mujer **normal**. Tiene una altura media. Tiene un **peso** normal. Tiene un trabajo normal con un **sueldo** normal. Vive en una casa de tamaño **mediano**. Conduce un coche normal. ¡Incluso tiene un perro normal! Básicamente, Laura tiene una vida normal.

Laura también vive una vida sencilla. Trabaja como administrativa para el equipo directivo de ventas de una empresa. Tiene una educación universitaria. **Trabaja muy duro** todos los días. A menudo sale de trabajar muy tarde. Nunca habla mal de su empresa. Es una **empleada modelo**.

El fin de semana, a Laura le gusta hacer ejercicio o salir con su familia y sus amigos. A veces pasan la tarde en el parque. A veces van a ver una película al cine o una **obra de teatro**.

A Laura le encanta el lugar donde vive. Le gusta pasear por Madrid. En la ciudad vive gente de todo el mundo. A menudo le sorprende la cantidad de cosas que puede hacer. Pero a veces, busca tranquilidad y por eso, algunos fines de semana va a las afueras.

Un sábado, Laura va en su coche con dos amigos. Su amigo se llama Nacho y su amiga se llama Elvira. Los tres son amigos **de la infancia**.

Planean hacer una barbacoa. Han traído mucha comida y bebidas. Laura para el coche en un parque a las afueras de Madrid. Es una zona muy bonita. Hay varios árboles. Es perfecto para una barbacoa.

Los tres amigos salen del coche.

–¿Dónde estamos, Laura? –dice Nacho.

–Estamos en las afueras de Madrid.

Elvira mira a su alrededor. –¡Es un gran lugar para una barbacoa!

–Estoy de acuerdo. ¿Tenemos suficiente comida? –dice Nacho.

–Por supuesto –dice Laura–. ¡Ya sabes lo mucho que me gusta comer!

Todos se ríen. Finalmente Laura dice:

–La comida está en el coche. ¡Sí, está en el coche! ¡Vamos a **traer** las bolsas!

Laura, Nacho y Elvira sacan las bolsas del coche. **Ponen música,** le echan sal a la carne y empiezan a cocinar. Elvira intenta encender el **fuego,** pero no lo logra.

Laura decide comprobar rápidamente si tiene algún mensaje de voz en el móvil. Tiene un mensaje del director. ¡Ha olvidado hacer algo importante en la oficina!

Decide llamar por el móvil a la oficina, así que les dice a sus amigos:

–Nacho, Elvira, vengo ahora. Necesito hacer una llamada de trabajo.

–Vamos, Laura. Tú siempre trabajando, incluso los fines de semana –dice Nacho.

–Tiene razón Nacho –dice Elvira–, deberías **descansar** más. Trabajas mucho. Los fines de semana hay que **desconectar**.

–Tenéis razón –respondió Laura–, pero tengo que hacer esta llamada. Es algo para el departamento de producción. Acabo de recibir una llamada del director. ¡No parece estar muy contento!

Laura **se aleja** de ellos y se va hacia unos árboles que hay cerca. Los árboles son muy altos y ya casi es de noche. No se ve casi nada. Llama a su oficina y habla con otro administrativo. El administrativo le pide que espere mientras busca al director.

Mientras está esperando, Laura mira a su alrededor. Se da cuenta de algo. En medio de los árboles hay una extraña luz de algún tipo. Laura dice que llamará de nuevo y guarda el móvil en su bolsillo.

Se acerca a la luz. La luz **proviene** de una bola de metal. Nunca ha visto nada así. Se acerca para tocarla, pero tiene miedo de que esté caliente. Cuando toca el metal, está frío. La bola es agradable al tacto.

De repente, tal y como comenzó, la luz se apaga. La bola le produce una sensación extraña en su mano. Está demasiado fría. A Laura no le gusta. Suelta la bola y vuelve a la barbacoa. Laura **se aproxima** a sus amigos, que estaban hablando de ella.

–Laura trabaja demasiado –dice Nacho–. Debería apagar el móvil los fines de semana.

–Estoy de acuerdo –dice Elvira–, no es bueno trabajar tanto. El cuerpo y la mente necesitan descansar. Laura necesita relajarse de vez en cuando.

Laura se acerca a donde están sus amigos.

–¿Estabais hablando de mí? –se ríe –. ¡Vale!¡Vale! ¡Estoy lista para relajarme!

Hay un problema con la barbacoa. Nacho y Sofía se levantan para solucionarlo. Ignoran completamente a Laura. Ni siquiera la miran.

«¿Por qué no me miráis?» pregunta Laura. Les hace un gesto. Acerca la cara. Baila a su alrededor y mueve los brazos justo enfrente de ellos, pero ellos continúan ignorándola. ¡Es como si no estuviera allí!

Nacho y Elvira siguen hablando de ella. Nacho pregunta:

–¿Dónde estará? Lleva mucho tiempo al teléfono. Me estoy preocupando.

–Ya la conoces –dice Elvira–. Probablemente está revisando cuentas o contratos o algo así. Volverá pronto.

Finalmente, Laura se da cuenta de algo. Sus amigos no pueden verla. Es increíble, ¡ella parece ser invisible!

«¡Dios mío! –piensa Laura–. ¡No me pueden ver! ¡Realmente soy invisible! ¡No me lo puedo creer! –hace una pausa y piensa–. ¿Pero por qué?»

De repente, Laura recuerda el objeto extraño que ha encontrado entre los árboles. Piensa en la luz que tenía ese objeto y en cómo se había apagado cuando ella lo tocó.

«¿Es por esa luz? –piensa–. ¿Ahora soy invisible porque la toqué?» No está segura. Piensa durante un tiempo y toma una decisión. «No sé cuánto tiempo me afectará esta luz. **¡Tengo que disfrutar de esto!** ¡En cualquier momento se puede terminar!»

Se vuelve hacia sus amigos. «Vamos a ver qué están haciendo Nacho y Elvira». Nacho está sacando la comida de la barbacoa. Elvira está ayudándolo. Está poniendo bebidas frías en la mesa y está guardando la basura en una bolsa.

–Pues sí, Nacho –dice ella–, Laura trabaja mucho, pero es normal. Ha estudiado durante muchos años y muy duro. Esta es su gran oportunidad. ¡Probablemente será **directora** general un día!

–No le pagan lo suficiente –responde Nacho.

–Es cierto, pero seguro que consigue **cobrar** más en un futuro. Ella vale mucho, ¿sabes? Quién sabe lo que puede lograr.

–Sí, lo sé. Solo necesita relajarse más los fines de semana. Mira lo que ha ocurrido hoy. Tenemos una barbacoa y ella está trabajando.

–Su trabajo no es fácil. Siempre quieren que trabaje mucho.

–Ella trabaja mucho y muy bien. Se están dando cuenta de que es la mejor empleada de su departamento.

Laura se sorprende. No sabía cuánto la respetaban sus amigos. No le gustaba oír lo que decían de ella, pero no podía resistirse. ¡Todo lo que decían de ella era muy bueno! Sonrió felizmente.

De repente, el tono de Nacho cambia.

–Por cierto –dice él–, ¿dónde está Laura?

–No lo sé –dice Elvira–, hace tiempo que se ha ido a hablar por el móvil. Lleva mucho tiempo hablando.

–Vamos a buscarla.

Apagan el fuego de la barbacoa y la música. Van hacia los árboles. Ambos caminan directamente al lugar donde Laura encontró el objeto extraño. Está en el suelo.

Nacho lo encuentra primero.

–Mira Elvira, ¿qué es esto?

Se inclina y **lo levanta**. Empieza a examinarlo.

Elvira lo mira de una forma extraña.

–No sé qué es..., pero yo no lo tocaría. No sabes de dónde viene.

Nacho la mira sorprendido.

–¡Tienes razón!

Tira el objeto extraño entre los árboles. Continúan caminando y llamando a voces a Laura.

Después de un rato, Nacho y Elvira vuelven a la zona de la barbacoa. Nacho se echa hacia atrás sorprendido. ¡El coche de Laura ha desaparecido! Nacho mira a Elvira.

–¿Qué está pasando aquí? ¿Es un juego? –pregunta.

–No tengo ni idea –responde Elvira–, ni idea.

Mientras tanto, Laura está volviendo a Madrid. Quiere disfrutar de los efectos de su invisibilidad mientras pueda. Y el mejor lugar para experimentarlo es en público. ¡Así puede realmente comprobar si la gente la ve!

Anexo del capítulo 1

Resumen

Laura es una mujer normal en muchos sentidos. Trabaja mucho, pero también pasa mucho tiempo con su familia y con sus amigos los fines de semana. Un día, ella y sus amigos hacen una barbacoa. Durante la barbacoa, Laura encuentra un objeto extraño. Lo toca. Se vuelve invisible. Sus amigos no pueden verla ni encontrarla. Laura se lleva su coche y se va a Madrid. Quiere divertirse siendo invisible.

Vocabulario

normal ordinary, common
el peso weight
el sueldo salary
mediano/-a average-size
trabajar muy duro to work very hard
el/la empleado/-a modelo top employee
obra de teatro theatre play
de la infancia from childhood
traer to bring
poner música to play music
el fuego fire
descansar to rest
desconectar to switch off, to rest
alejarse to step away
provenir to come from
aproximarse to approach
¡Tengo que disfrutar de esto! I have to enjoy this!
el/la director/(a) manager, director
cobrar to earn
inclinarse to bend
levantar to pick up

Preguntas de elección múltiple

Seleccione una única respuesta para cada pregunta.

1) Laura trabaja como ___.
   a. administrativa
   b. cocinera
   c. conductora
   d. vendedora

2) Ella es ___.
   a. una mujer muy joven
   b. una mujer de altura media
   c. una mujer anciana
   d. una mujer muy baja

3) Sus dos mejores amigos se llaman ___.
   a. Nacho y Vanesa
   b. Alfredo y Vanesa
   c. Nacho y Elvira
   d. Nacho y Alfredo

4) Sus amigos piensan que ___.
   a. tiene que buscar trabajo
   b. trabaja poco
   c. trabaja mucho
   d. hay empleados mejores que ella

5) Laura decide ___.
   a. ir a Madrid para pedir ayuda
   b. llamar a sus amigos
   c. disfrutar de su nuevo poder
   d. escuchar las conversaciones de la gente en la calle

Capítulo 2 – La mentira

Laura llega a Madrid. Aparca cerca de la Gran Vía. Camina por la ciudad. Nadie la ve. No se lo puede creer. Se ríe en silencio. «¡Es increíble!»

Hace una lista de todas las cosas que puede hacer. Se ríe mucho. ¡Por fin, por primera vez en su vida, no es una mujer normal!

Continúa caminando por la Gran Vía. Allí hay muchas tiendas. La gente va allí a vender y a comprar cosas. Hay muchos dependientes y mucha gente haciendo compras. La luna brilla mucho esa noche.

Laura entra en una tienda. Aunque la gente no puede verla ni escucharla, sí que pueden sentirla. Tiene que tener cuidado. **Elige** unos zapatos y un vestido muy bonitos. Los mira, pero luego los **devuelve**. Le gusta ser invisible, pero no quiere robar.

Va a una cafetería. Hay una cola larga para entrar. Se salta la cola fácilmente. Espera en la puerta. En cuanto salen unos clientes, ella entra. «¡Es divertido!» Está disfrutando de ser la mujer invisible.

Se ríe para sí misma durante un tiempo. Después se para a pensar por un momento. Sus amigos deben estar preocupados. Debería volver. Pero también quiere explorar los alrededores un poco más. Le gusta ser invisible. Quiere ver más cosas.

De repente, tiene una idea. ¡Puede ir a su oficina! Su jefe trabaja hoy. Sería divertido jugar a ser detective y ver qué está haciendo su jefe. Especialmente, si no sabe que ella está allí.

Laura va corriendo a su oficina. Entra en el edificio. **Mira hacia arriba**. Las cámaras no la **están grabando**. ¡Está a salvo!

Cuando entra, otro administrativo entra en el edificio. Va a la misma oficina. Lo sigue hasta el ascensor. Pronto llega al séptimo piso. ¡Es el momento de buscar a su jefe!

Su jefe, el señor López, está hablando con otros **directivos** de la empresa:

–Nuestros empleados trabajan muy bien. Les ofrecemos **bonificaciones**. Algunos incluso reciben **acciones** de la empresa. Pero la mayoría reciben un porcentaje de los beneficios. De todos modos, hoy en día esto no es suficiente. Necesitamos **ampliar** el negocio. Nuestros empleados tienen que ganar más dinero.

Laura no se lo puede creer. «¡El señor López está luchando por sus empleados! ¡Nunca pensé que ocurriría!» –piensa.

–Por ejemplo –continuó el señor López–, tengo una empleada que se llama Laura. Trabaja aquí desde hace cinco años. Siempre trabaja muchas horas y nunca ha pedido **un aumento de sueldo.** No me siento bien con esto. Ella es muy buena trabajadora. Pero no puedo pagarle más a Laura. ¿Por qué? Porque las **ganancias** de la empresa en este trimestre han bajado. Estamos usando todo nuestro dinero solo para **mantenernos** abiertos. ¡Algo tiene que cambiar!

«¡Vaya! ¡Mi jefe **reconoce** que soy una buena empleada delante de todo el mundo! ¡Eso va a ayudarme en mi carrera! ¡Hurra!» –piensa Laura–. «¡Lo malo es la falta de beneficios de la empresa!» –se dice a sí misma. «Pero me cuesta creerlo. Antonio está trabajando en un gran proyecto tecnológico. Yo creía que ayudaría a aumentar las ganancias».

Laura quiere saber qué está pasando. Y este es el momento perfecto para comprobar qué ocurre. Después de todo, ¡es invisible!

Va al despacho de Antonio. Antonio es un **gerente de programación informática.** «No quiero robar» –piensa–. «Solo quiero saber por qué la empresa está perdiendo dinero».

Antonio ha tenido mucho éxito. Empezó como **agente de ventas.** Siempre había cumplido sus objetivos de ventas. Por eso lo llevaron al **equipo directivo**. Ahora está trabajando en un gran proyecto. Se supone que está ganando mucho dinero. Los problemas de dinero de la empresa deberían **resolverse** pronto.

Laura decide mirar en los **archivos** de Antonio. Escucha a su jefe mientras sale de la sala de reuniones:

–Antonio, dime. Sé que estás trabajando en un gran proyecto tecnológico que está basado en el programa informático en el que trabajamos todos. Este proyecto tiene potencial, ¿verdad? Podría darnos mucho dinero, ¿no es así?

–No, lo siento, señor López –respondió él–. El proyecto no puede hacerse. Cuesta demasiado dinero. Sería una gran inversión. Y el programa informático es muy complicado. No tenemos la tecnología necesaria.

Mientras oye eso, Laura encuentra el proyecto en los archivos de Antonio. Antonio había hecho cálculos con ese proyecto, es cierto. Pero los datos de Antonio están equivocados. El proyecto tiene un gran potencial. La tecnología no es tan avanzada. Mira de nuevo los papeles. Antonio miente. El proyecto es muy **rentable**.

«¿Por qué Antonio no quiere hacer el proyecto? ¡Es un proyecto muy bueno! ¿Por qué **miente**? No lo entiendo» –piensa.

Entonces Laura ve otra cosa. Hay otro archivo. Dentro del archivo hay una carta. ¡Está escrita en papel de la competencia! Laura lee la carta rápidamente. Antonio ha vendido la idea a la competencia. Está planeando dejar la empresa dentro de una semana. ¡Va a trabajar para ellos!

«La competencia puede ser buena, pero tiene que haber un límite. ¿Cómo puede hacer esto? Si no realizamos este proyecto, no tendré mi aumento de sueldo» –piensa.

Laura decide que es el momento de hacer algo sobre los **trucos** de Antonio.

Se da cuenta de algo interesante. Cuando levanta un objeto, el objeto también se vuelve invisible. Tiene una idea. Toma la carta de la competencia y el archivo del proyecto. Se vuelven invisibles en sus manos.

Camina hacia la oficina del jefe. Deja la carta y el archivo del proyecto en su mesa. «Aquí están. El señor López se llevará una agradable sorpresa por la mañana. Antonio también. ¡Espero que la policía también!» –piensa.

Laura va en coche a su casa. Entra en su casa con cuidado. Allí está su marido. Recientemente han discutido mucho. Por ejemplo, hoy por la mañana han tenido una discusión. Ellos ya no son tan felices como solían serlo antes. Quizás pueda aprender algo interesante.

Cuando entra, su marido está llorando. «¿Qué le pasa?» –se pregunta Laura. Entonces escucha hablar a su marido:

–¿Está seguro, agente? –dice su marido Andrés con tristeza.

Andrés está hablando por teléfono. Parece que está hablando con la policía. Entonces, Laura se da cuenta. Técnicamente, ha estado desaparecida durante varias horas. Probablemente, Andrés está muy preocupado.

Andrés **cuelga el teléfono** y continúa llorando. Laura se da cuenta de algo más. Su marido la quiere mucho. Lo mira. Se da cuenta de que él está sufriendo de verdad.

Laura mira a su marido. Cuando eran novios, estaban muy enamorados. Desde que se casaron tienen muchos problemas, pero ella quiere arreglar su relación. También quiere extender la mano y tocar a Andrés. Entonces recuerda «Soy invisible. Él se asustará».

Por primera vez, comienza a considerar su situación. Ser invisible es normalmente divertido y tiene sus ventajas. Pero ella no quiere hacerlo todo el tiempo. ¿Cómo puede volverse visible de nuevo?

Laura no quiere llamar a nadie para decidir qué hacer. ¿Cómo va a explicar dónde está? Ella tampoco quiere contárselo a nadie en la oficina. ¡No pueden saber lo que ha hecho! De repente, ser invisible ya no parece tan divertido.

Entonces tiene una idea.

«¡Claro! ¡El objeto!» –dice.

Necesita tocar el objeto de nuevo. Tiene que volver allí.

Laura toma su coche. Conduce por las calles de Madrid. Es medianoche. No hay muchos coches en la carretera. Aun así, intenta ir por zonas donde no hay mucha gente. Una mujer invisible en un coche invisible sería un poco difícil de explicar a la policía.

Por fin, llega al lugar de la barbacoa. Nacho y Elvira todavía están allí. Pero también hay muchas otras personas. «¿Qué estaba pasando?»

Anexo del capítulo 2

Resumen

Laura va a Madrid y a su oficina. Disfruta de ser invisible. En la oficina, su jefe, el señor López, está en una reunión. Quiere pagar más a sus empleados, pero las ganancias de la empresa son muy bajas esesee trimestre. Un gerente llamado Antonio está planeando un gran proyecto. Laura comprueba sus archivos. Averigua que está planeando engañar a la empresa. Laura le da al señor López los archivos que muestran los trucos de Antonio. Después, Laura va a su casa para ver a su marido. Él está muy preocupado. Se da cuenta de que la quiere. Ahora quiere volverse visible y volver a casa.

Vocabulario

elegir to choose

devolver to return

Mira hacia arriba. She/He looks up.

grabar to record

el/la directivo/-a manager

la bonificación bonus

las acciones shares

ampliar to expand

el aumento de sueldo pay rise

las ganancias profits

mantenerse to maintain

reconocer to acknowledge

el/la gerente de programación informática IT programming manager

el/la agente de ventas sales associate

el equipo directivo management team

resolverse to be resolved

el archivo folder
rentable profitable
mentir to lie
el truco trick
colgar el teléfono to put down the phone

Preguntas de elección múltiple
Seleccione una única respuesta para cada pregunta.

6) Laura pasea por ___.
   a. la Gran Vía
   b. las afueras de Madrid
   c. una tienda de Madrid
   d. un mercado de Madrid

7) Laura decide ir primero a ___.
   a. su casa
   b. la oficina
   c. un pueblo pequeño
   d. la Gran Vía

8) Antonio, un directivo de la empresa, ___.
   a. quiere comprar la empresa
   b. quiere salir con Laura
   c. miente sobre un proyecto
   d. piensa que los empleados necesitan más dinero

9) ¿Qué deja Laura en el despacho de su jefe?
   a. dinero y una carta
   b. una carta y un archivo
   c. solo un archivo
   d. solo dinero

10) Laura piensa que puede ser visible de nuevo ___.
   a. tocando el objeto de metal
   b. rompiendo el objeto de metal
   c. llevando el objeto de metal lejos
   d. hablando con Antonio

Capítulo 3 – El objeto

Laura vuelve al pequeño parque donde solo hacía unas horas hacían una divertida barbacoa. Ahora allí hay mucha gente. También está la policía. Hay más gente de la que ella **esperaba**. ¿Qué están haciendo allí? Laura se da cuenta. Probablemente es por ella.

Elvira y Nacho están entre la **multitud**. Camina hacia ellos. Sus amigos están hablando entre ellos cerca de la mesa. La comida sin cocinar está también allí. Las bebidas todavía están en la mesa.

Mientras camina, Laura mira a su alrededor. Todos están allí –amigos de Laura, familiares, policías, incluso voluntarios de Madrid. Andrés también está allí. Todos han venido a ayudar.

–Elvira, no sé dónde puede estar –dice Nacho con tristeza–. No sé dónde puede estar, ¡estábamos justo aquí!

–No te preocupes –responde Elvira–, estoy segura de que aparecerá **en cualquier momento**. Pero es muy raro todo.

–Sí, es muy raro. En un momento está llamando por su móvil y después desaparece.

–Sigo sin entenderlo –dice Elvira–. Estoy preocupada por ella.

Laura está escuchando. No se siente bien. No quiere herir ni a sus amigos. No quiere hacerle perder el tiempo a nadie. No es necesario. Quiere **recobrar** el objeto. ¡Ya **se ha cansado** de ser invisible!

–Oye, Elvira –continúa Nacho hablando sobre ella.

–Dime.

–¿Te acuerdas del objeto ese que encontramos? ¿Sabes, el que estaba al lado de los árboles?

–Sí. Era solo un pedazo de metal.

–**¿Y si es algo más que eso?**

Elvira lo mira. Está confusa.

Laura no está confusa. No quería que sus amigos supiesen nada. Es una historia de locos. Ahora Nacho puede que tenga una idea de lo que ha ocurrido. Laura no sabe qué hacer. No puede simplemente hablar con ellos. ¿Quién creería a una mujer invisible? Ella solo quería **volver a la normalidad**. ¿Pero qué puede hacer?

Nacho mira fijamente a Elvira.

–A lo mejor el objeto es especial. Quizás la puso enferma. ¡O quizás la llevó a algún sitio! Nunca se sabe.

Elvira **sacude** la cabeza y hace una pausa. No hay otra explicación. Quizás...

–Vamos. Tenemos que encontrar el objeto. ¡Laura desapareció justo cerca del objeto! –dice Nacho.

Finalmente, Elvira está de acuerdo.

–Vamos.

Los dos amigos caminan hacia los árboles.

«¡Oh, no! –piensa Laura–. ¡Ellos piensan que el objeto está relacionado con mi desaparición! ¿Y si se lo **llevan**?» Laura corre delante de sus amigos. ¡Tiene que encontrar el objeto primero!

Laura va al lugar donde vio por última vez el objeto. ¡No está allí! «¿Dónde está? ¿Dónde está? ¡Tiene que estar en alguna parte!» Empieza a buscar. Laura es todavía invisible. Nacho y Elvira no pueden verla, pero **se están acercando**. Oye sus pasos. «Tengo que encontrarlo. Tiene que estar por aquí» –dice ella.

Nacho y Elvira siguen hablando entre ellos. Pasan al lado de Laura. ¡Nacho casi la **golpea**! Laura le oye decir:

–Tiene que estar por aquí, Elvira. Lo tiré aquí.

«¡Ya está!» –piensa Laura. «Lo **han cambiado de sitio**. Quizás lo encontraron cuando me estaban buscando. ¿Y si han tirado el objeto? ¡Lo necesito!» Laura se está asustando. Ya no quiere ser invisible por más tiempo.

–Mira entre los árboles –dice Nacho–. Creo que está allí.

–De acuerdo –dicen Elvira y Laura al mismo tiempo.

Elvira mira a su alrededor.

–¿Has escuchado eso?

–¿El qué? –pregunta Nacho.

–¡Ah! Nada.

Los dos caminan hacia los árboles.

Laura **se muere de risa.** No puede creerse que Elvira y ella contestaran al mismo tiempo. ¡Es como si Elvira la estuviera escuchando! Entonces, se da cuenta de que tiene mucha suerte de que Elvira no la haya escuchado. Para de reírse y corre hacia los árboles. ¡Tiene que encontrar el objeto!

Nacho está mirando alrededor de los árboles. De repente, se levanta. ¡Lo ha encontrado! Es el mismo objeto que Laura tocó y la hizo ser invisible.

Laura mira el objeto con detenimiento. No tiene ninguna luz ahora. No sabe qué es lo que eso significa. Tiene que encontrar una forma de tocar de nuevo el objeto. Sabe que la **curará**.

–Oye, Elvira–la llama Nacho.

–¿Qué es eso? –le pregunta Elvira.

–¡Lo he encontrado!

Elvira corre hacia él.

–¿Qué es?

–No tengo ni idea. Es redondo y metálico, pero **no sé para qué sirve** –dice Nacho.

–¿Crees de verdad que **tiene que ver con** Laura? No me lo puedo creer.

–¿Sabes qué? Lo dudo. No tiene sentido. Solo es un objeto de metal.

–**Vuelve a dejarlo** donde estaba –dice Elvira–. Vamos a ver si la policía ha encontrado algo. ¿Ha intentado alguien llamar a los hospitales?

Nacho tira el objeto de metal entre los árboles. Laura observa cuidadosamente dónde cae.

Laura finalmente se tranquiliza. El objeto vuelve a estar entre los árboles. Ahora solo necesita que Nacho y Elvira se vayan. Quiere tocar el objeto. Pero no quiere herir a sus amigos. Si aparece de repente, ¡podrían asustarse mucho! Laura empieza a preocuparse. ¿Sería el tocar el objeto la cura verdadera? No lo sabe. Pero tiene que intentarlo.

Por fin, Nacho y Elvira se van. Empiezan a buscar a Laura alrededor del parque. Otra gente también camina buscándola en otros lugares cercanos. Por supuesto, nadie la ha encontrado porque Laura está aquí. Es casi divertido, aunque en realidad no lo es.

Una vez que todos se van, Laura va hacia los árboles. Levanta el objeto y lo toca. Al principio no siente nada. Después, el objeto empieza a encenderse. Laura **está temblando**. El objeto está encendido de nuevo. «Por fin, ¡algo está ocurriendo!» –piensa.

De repente, para de temblar. El objeto de metal todavía está encendido. «¿Ya está?» –piensa Laura. «¿Ha funcionado?» Pronto lo sabrá.

De repente oye:

–¡Laura! ¡Laura! ¿Eres tú?–dicen Nacho y Elvira–. «Me pueden ver. ¡Estoy curada!»

Laura les ve correr hacia ella. Todavía tiene la luz en su mano. La deja caer. La luz flota despacio entre los árboles. Después de un momento, ya no puede verla.

–¡Laura! ¡Estás ahí! –oye decir.

Son Nacho y Elvira. Sin respiración.

–¿Dónde has estado? –pregunta Nacho.

Elvira añade:

–¿Y qué era esa luz? ¡**Brillaba** mucho! ¡Así es como te encontramos!

Laura no sabe qué decir.

–Hum... Ah... –empieza a hablar.

No sabe si decir la verdad o no. Complicaría un poco las cosas. Está casi segura de que nadie la creería. ¡Quién ha oído hablar de una mujer invisible!

De repente, Laura oye otra voz.

–¡Laura!–oye decir a alguien entre la gente.

¡Es Andrés! Corre hacia ella, la abraza fuertemente y la **besa**. Ella se siente un poco culpable. Él la mira a los ojos y le dice:

–¿Dónde has estado? ¡Hemos estado tan preocupados!

De nuevo, Laura se queda sin palabras.

–He estado en... en... Yo...

Otra voz entre la gente la llama.

–¡Laura! ¡Por fin la hemos encontrado!

Es su jefe. El señor López y otros compañeros de la oficina están allí. Han ayudado a buscar a Laura. No se lo puede creer. Mucha gente ha venido a ayudarla. La gente se reúne alrededor de Laura. Todos hablan **al mismo tiempo.**

–¡Hemos estado tan preocupados! –repite Andrés.

–¿Adónde fuiste? –pregunta Nacho.

–¡No va a creerse lo que ha ocurrido en la oficina! –dice el señor López.

Laura levanta el brazo:

–Por favor... Por favor... Dadme un minuto.

La gente empieza a calmarse. Laura mira a su alrededor.

–En primer lugar, dejadme que dé las gracias. Muchas gracias por vuestra ayuda. De verdad que valoro mucho todo vuestro apoyo. Estoy segura de que os estaréis preguntado dónde he estado. Bien, la verdad es... –Laura hace una pausa.

¿Debería decir la verdad? ¿La creerían? ¿Pensarían que estaba loca?

Comienza a hablar de nuevo:

–La verdad es que... **me perdí.**

Todos empiezan a hablar de nuevo. Laura continúa:

–Estaba hablando por el móvil. No me fijé hacia dónde iba. De repente no supe dónde estaba. No pude encontrar el camino de vuelta al lugar donde estaban mis amigos –dijo y respiró profundamente–. Así de simple.

Sonríe mirando a todos. Después saluda a todos y camina con Andrés hacia el coche. Pasa junto a Nacho y Elvira. Ellos la llaman.

–¿Y tu coche? ¡No estaba! ¡Lo vimos! ¿Y qué nos dices de la luz que vimos? ¿Qué era? Sabes, vimos algo entre los árboles. Era un objeto de metal y...

Laura continúa caminando. Tiene que encontrar una forma de explicar todo más tarde, pero no ahora. ¡Su experiencia como una mujer invisible ha sido increíble! Se ha dado cuenta de que tiene amigos muy amables, un buen jefe y un gran marido. También se ha dado cuenta de algo mucho más importante. ¡Se ha dado cuenta de lo estupendo que es ser una persona normal!

Anexo del capítulo 3

Resumen

Laura vuelve al parque. Mucha gente la está buscando. Oye a Nacho y a Elvira hablando. Piensan que el objeto extraño puede estar relacionado con la desaparición de Laura. Pronto deciden que no es así. Laura encuentra el objeto y lo toca. Vuelve a ser visible. Todos están contentos de volver a verla, pero tienen muchas preguntas. Laura las responderá más tarde. Primero quiere disfrutar de ser de nuevo una persona normal.

Vocabulario

esperar to expect

la multitud crowd

en cualquier momento at any time

recobrar to get back

cansarse to get tired

¿Y si es algo más que eso? And if it's something more than that?

volver a la normalidad to go back to normal

sacudir to shake

llevarse to take

acercarse to get close

golpear to hit

cambiar de sitio to change places

morirse de risa to be hilarious

curar to heal

no saber para qué sirve (algo) not knowing what something is for

tener que ver (con) to have to do with

volver a dejarlo to leave it again

temblar to tremble

brillar to shine
besar to kiss
al mismo tiempo at the same time
perderse to get lost

Preguntas de elección múltiple

Seleccione una única respuesta para cada pregunta.

11)   ¿A quién oye Laura hablar en el parque?
    a. a su jefe y a su marido
    b. a su jefe y a Nacho
    c. a su marido y a Elvira
    d. a Nacho y a Elvira

12)   Al principio, sus amigos quieren ___.
    a. volver a casa
    b. encontrar de nuevo el objeto extraño
    c. llamar a la policía
    d. llamar a Andrés

13)   Laura quiere ___.
    a. no tirar el objeto
    b. encontrar el objeto antes que sus amigos
    c. esconderse entre los árboles
    d. escuchar qué dice la policía

14)   Laura toca el objeto de nuevo y ___.
    a. tiembla, entonces se vuelve visible de nuevo
    b. sigue siendo invisible
    c. se asusta
    d. no ocurre nada

15) Cuando habla con su familia y sus amigos, Laura decide ___.
a. decir la verdad
b. no decir la verdad
c. decir la verdad más tarde
d. ignorar a todos

La cápsula

Capítulo 1 – La cápsula

Han pasado muchos siglos desde que el primer ser humano viajara a otro planeta. El medioambiente en la Tierra se había contaminado. Necesitábamos espacio. Queríamos libertad. Entonces colonizamos otros mundos, uno después de otro.

Al principio había paz y éxito. Los diferentes mundos trabajaban juntos. Dependían los unos de los otros. Eran un grupo. Pero las cosas cambiaron. La población creció rápidamente. Cada planeta necesitaba más comida. Más abastecimientos. La gente se volvió **codiciosa**. Cada planeta quería más. Y así comenzaron los problemas.

Las guerras surgieron por todas partes y las **alianzas** se rompieron. Las colonias lucharon **unas contra otras** para hacerse con más tierras, poder y nuevas armas. Había muchos **bandos**. Las alianzas políticas entre bandos cambiaban. Al final, quedaron dos grandes imperios, los más grandes que había habido nunca: los *terrarios* y los *lunarios*. Ambos querían quedarse con todo.

Los terrarios tenían su base en la Tierra. Su gobierno y su capital estaban en París, Francia. Varios **dirigentes políticos** se reunieron en el palacio. El palacio era un edificio blanco muy grande. Era casi tan grande como una ciudad. Allí se debatían asuntos de leyes, economía, energía y guerra.

El emperador de los terrarios era un hombre viejo llamado Valior. Lo **habían votado** hacía muchos años en unas elecciones que no habían sido justas. Había liderado muchas guerras. Había perdido muy pocas. Era un gobernante que hacía **cualquier cosa** para ganar.

Un día, Valior estaba hablando con sus **ministros** dentro del palacio:

–Tenemos que terminar la guerra–gritó–. La economía de nuestro imperio está destruida por la guerra. La gente está pasando hambre y las ciudades necesitan nuevas carreteras. Muchos terrarios necesitan casas y comida.

Un hombre llamado Aldin habló. Era el ministro de más confianza del emperador.

–Pero señor –dijo–, los lunarios siguen atacándonos. Tenemos que defendernos **de alguna manera**.

–Estoy de acuerdo en que podemos hacer algo. He hecho algo que…

De repente, se oyó mucho ruido en la puerta. La puerta se abrió. Un guardia de seguridad entró en la gran sala. Llevaba a una mujer cogida del brazo. Ella peleaba y gritaba:

–¡Déjame entrar! ¡**Tengo noticias** para el emperador! ¡Déjame!

–¿Qué significa esto? –dijo él–. ¡Estoy en una reunión!

–Disculpe, señor –dijo el guardia–, esta mujer quiere hablar con usted. Dice que es un asunto importante.

–De acuerdo. Hable. ¿De qué se trata?

La mujer estaba muy **avergonzada**. Nunca había hablado con el emperador. Empezó a hablar despacio. Estaba muy nerviosa.

–Mi… mi… mi señor emperador, tengo noticias.

–¿Qué clase de noticias?

–**Ha aterrizado** una **cápsula** en mi granja, señor.

–¿Y?

–Es una capsula lunaria, señor.

–¿Cómo sabes que es lunaria?

–Mi marido… luchó contra los lunarios. Me contaba historias sobre la guerra.

Los ministros y el emperador callaron. Finalmente, Aldin habló:

–¿Otro ataque? ¿Están atacando la capital?

–No, no… –dijo la mujer–. La cápsula no tenía armas. Pero había algo dentro de ella.

–¿Dentro? –dijo el emperador mirando alrededor de la sala–. ¿Qué podría haber dentro?

–No lo sé –respondió la mujer–. Estaba demasiado nerviosa para mirar dentro.

El emperador miró a los guardias. Les dijo que fueran con la mujer a su granja. ¡Tenían que llegar allí rápido! Los guardias y la mujer **montaron en un vehículo** y Aldin los acompañó. El emperador siguió hablando en su palacio con los demás ministros.

En el camino hacia la granja de la mujer, Aldin quería saber más sobre ella. Le habló con amabilidad.

–¿Cómo te llamas? –le preguntó.

–Me llamo Kira.

–Kira, bonito nombre. ¿Eres granjera?

–Sí, es lo único que me queda.

–¿Tu marido está en casa?

–Mi marido murió en la guerra.

Aldin se sintió **incómodo** y cambió de tema:

–¿A qué se parece la cápsula?

–Prefiero que lo veáis en persona.

–Está bien.

Se quedaron en silencio el resto del viaje.

El vehículo llegó a la granja de Kira. Aldin y Kira salieron del vehículo y se acercaron a la cápsula. Los guardias esperaron en el vehículo. Había **marcas** de aterrizaje por todas partes. La cápsula estaba inclinada. Estaba abierta.

–Pensé que no habías visto lo que había en la cápsula.

–Siento mi conducta, pero no dije la verdad. No quería decir nada hasta que un guardia lo viera.

–¿Ver el qué?

–Mira.

Aldin se acercó con cuidado. Al principio no veía nada, pero luego lo vio. Dentro de la cápsula había una niña pequeña.

–¡Es una niña! ¡Una niña! –gritó mirando a Kira con sorpresa.

–Sí. Por eso no quería tocarla. No sabía qué hacer con ella. Quería traer a un médico, pero…

–¡De acuerdo! –dijo Aldin–. La niña está inconsciente. No es capaz de hablar. ¡Necesita ayuda!

Aldin corrió hacia el vehículo. Les dijo a los guardias que fueran a la capital y que trajeran un médico. La niña tenía un poco de sangre en el brazo derecho. Después, Aldin y Kira la levantaron con mucho cuidado y la metieron dentro de la casa de Kira. La acostaron.

Una hora más tarde, la niña todavía estaba inconsciente. Todavía no podía hablar. Finalmente, Aldin la dejó en la habitación. Kira fue con él.

–Dime –dijo Aldin–, ¿sabes algo más sobre esta cápsula?

–No... ¿Es lunaria, verdad? –dijo ella despacio.

–Sí.

–¿Y la niña? –preguntó Kira.

–Ella también. Parece lunaria.

–¿Y qué hace aquí? ¿Por qué nos envían una niña?

–No lo sé. Todavía no puede hablar bien. Una vez que pueda hablar, quizás nos lo pueda decir.

–¿Ha viajado por el espacio?

–Así es. Seguramente una **nave** más grande que la cápsula la dejó cerca de nuestro planeta y luego, la cápsula aterrizó aquí **por sí misma**.

Por fin, escucharon el sonido de un vehículo que se acercaba. Llegaba la ayuda. Los doctores entraron en la casa para ver inmediatamente a la niña. Aldin y Kira se quedaron fuera. Era tarde. Kira se dio cuenta de que Aldin parecía tener hambre. Le invitó a que se quedara a cenar.

–¿Tienes hijos, Kira? –le dijo él mientras comía.

–No. Mi marido y yo queríamos tener hijos. Pero entonces llegó la guerra y...

–Perdona por preguntar tanto.

–No importa –dijo sonriendo con tristeza.

Después de cenar, Kira miró a Aldin y dijo:

–He hecho un pastel. ¿Quieres la mitad?

–¡Sí! –dijo él.

Aldin tomó un poco de pastel. Estaba muy dulce.

–¡Vaya! **¡Esto está riquísimo!**

–Gracias –dijo ella.

Mientras Aldin terminaba su pastel, miraba a su alrededor. La casa era bonita, limpia y sencilla. Era la casa de una mujer que vivía sola. Después vio a Kira. Ella lo miraba con atención y Aldin le preguntó:

–¿Quieres preguntarme algo, Kira?

–Sí.

–Pues no tengas miedo, pregunta.

–¿Qué vais a hacer con la niña?

Aldin hizo una pausa. Finalmente, le dijo la verdad.

–No lo sé. No sabemos ni por qué está aquí.

De repente, uno de los médicos entró **bruscamente** a la cocina y dijo:

–¡La niña está consciente! ¡Ya puede hablar!

Anexo del capítulo 1

Resumen

Dos imperios están en guerra: los terrarios y los lunarios. El emperador terrario, Valior, está reunido con sus ministros. De repente, una mujer llamada Kira llega al palacio. Dice que hay una cápsula lunaria en su granja. Aldin es el hombre de confianza del emperador. Va a la granja con Kira. Quiere ver la cápsula. Encuentra dentro una niña pequeña. Al principio la niña está inconsciente. Después se despierta.

Vocabulario

codicioso/-a greedy
la alianza alliance
unos/-as contra otros/-as each other, one another
el bando side
el/la dirigente político/-a political official
votar to vote
cualquier cosa anything
el/la ministro/-a minister
de alguna manera somehow
tener noticias to have news
avergonzado/-a ashamed
aterrizar to land
la cápsula capsule
montar en un vehículo to get into a vehicle, to ride in a vehicle
incómodo/-a uncomfortable
la marca mark
la nave ship (starship)
por sí mismo/-a by itself
¡Esto está riquísimo! It tastes really great!
bruscamente suddenly

Preguntas de elección múltiple

Seleccione una única respuesta para cada pregunta.

1) Hay una guerra entre ___.
   a. Aldin y el emperador Valior
   b. los terrarios y el marido de Kira
   c. los terrarios y los lunarios
   d. Kira y el emperador Valior

2) El emperador está en una reunión con ___.
   a. Aldin y los lunarios
   b. sus ministros
   c. Kira y su marido
   d. la niña y Aldin

3) La mujer, Kira, le dice al emperador que ___.
   a. hay una niña en su casa
   b. hay una cápsula en su granja
   c. su marido murió en la guerra
   d. Aldin debe de ir a su casa

4) Al principio, la niña ___.
   a. habla sobre su mundo
   b. no quiere hablar porque es tímida
   c. grita mucho
   d. no puede hablar porque está inconsciente

5) Kira le ofrece a Aldin ___.
   a. una bebida fría
   b. café
   c. té
   d. un trozo de pastel

Capítulo 2 – La niña

Aldin estaba sorprendido y un poco nervioso. La niña estaba consciente. Alguien tenía que hablar con ella. Él era el ministro del emperador. Era la persona apropiada para hacerlo. Entró despacio en el dormitorio. Kira entró también. Se sentaron en la cama de la niña.

La niña parecía confusa. No sabía dónde estaba. Finalmente preguntó:

–¿Dónde estoy?

Después miró un poco más a su alrededor y vio a los guardias. De repente, se asustó mucho, comenzó a gritar y a intentar salir de la habitación.

–**¡Tranquila!** –le dijo Kira.

Pero la niña continuaba gritando y llorando. Quería salir de allí. Los guardias no la dejaban. Un guardia la **detuvo** y la volvió a meter en la cama. La niña se tranquilizó.

–¿Quiénes sois?–dijo despacio en un inglés bastante bueno.

–Hola –le dijo Aldin–. Yo me llamo Aldin y ella es Kira. Somos terrarios.

El médico volvió y **examinó** cuidadosamente a la niña. Era una niña de apenas 12 o 13 años, pero parecía estar bien de **salud**. El médico le dio varias medicinas para ayudarla a dormir. Después les explicó a Aldin y a Kira cómo tenían que cuidar a la niña, y se marchó.

Aldin volvió a hablar con la pequeña.

–¿Cómo te sientes?

–Estoy bien –dijo con cuidado.

La niña no parecía **confiar** en ellos.

–**No queremos hacerte daño** –añadió él.

La niña seguía estando asustada. No respondió. Kira intentó hablar con ella también.

–Vamos a hacer una cosa, pequeña. ¿Puedes decirme tu nombre?

–Me llamo Maha.

–Todo está bien, Maha. Yo me llamo Kira y él es Aldin. Estás en mi casa. Tienes algunas **heridas**. **Te hemos estado cuidando** aquí.

–¿Estoy en vuestra capital?

–No, pero estamos cerca de la capital –añadió Aldin.

Maha miró por la ventana de la casa de Kira. Era de noche, así que no podía ver mucho. Solo podía ver árboles y tierra.

–No parece una ciudad.

–Como ya te dije, estamos cerca de la capital. No en la capital –explicó Aldin–. El emperador está lejos de aquí.

Cuando la niña oyó hablar del emperador, volvió a asustarse un poco.

–¡No quiero volver a casa! –dijo de repente.

Aldin **se extrañó** mucho. ¿Por qué la niña no quería volver a casa? ¿Por qué quería quedarse ahora? Algo raro estaba pasando, así que le preguntó:

–¿Por qué no quieres volver a casa?

–Ya no me gustan los lunarios.

–¿No te gustan los lunarios? –preguntó Aldin sorprendido.

Los terrarios no sabían mucho sobre los lunarios. No sabían qué comían, ni cómo vivían. Lo único que sabían los terrarios era cómo luchar contra ellos y las armas que tenían. Aldin necesitaba más información para entenderla.

–¿Qué quieres decir? –preguntó él.

–Ya no me gusta el planeta Lunaria. No quiero vivir allí.

–¿Por qué dices eso?

–Una de las razones es que mi familia nunca está en casa.

–¿Sí? ¿Y?

–Me ignoran. No pasan tiempo conmigo. **No les importo.**

–¿Tu familia no te **hace caso**? –dijo Aldin.

–Sí, desde hace ya mucho tiempo.

–¿Y viniste aquí porque estabas sola? –preguntó Kira.

–Sí. Mi padre siempre está **ocupado** con muchas cosas. Siempre está en reuniones, siempre está trabajando. Mi madre siempre está hablando con mucha gente importante y siempre está de viaje. Yo tengo que estar en casa con mis **cuidadores** y mi maestra.

–¿Quiénes son esos cuidadores?

–Son trabajadores contratados por mi padre. Les paga para que me cuiden. No los conozco y no me gusta estar con ellos.

Aldin empezaba a entender qué había pasado. La niña **se había escapado de casa.**

–Un momento, Maha. ¿Me estás diciendo que te has ido de casa? ¿Te has escapado?

La niña bajó la vista. Parecía avergonzada.

–Sí.

Aldin se levantó. Miró a la niña y dijo:

–Discúlpame. Necesito salir.

Salió de la casa y Kira lo acompañó. Respiró profundamente y se quedó mirando la bonita granja de Kira. Estaba **pensativo**. Se sentía incómodo con algo.

–¿En qué piensas, Aldin? –preguntó Kira.

–**Aquí hay algo que no va bien.**

–¿A qué te refieres?

–La niña se ha escapado de casa. Pero una nave la ha traído hasta aquí.

–Entiendo. Alguien la ha ayudado.

–Sí. ¿Quién habrá sido?

–Vamos a averiguarlo.

Los dos volvieron a entrar en la casa.

–Hola –dijo Maha.

–Hola de nuevo –le dijo Aldin sonriendo.

Maha miró a Aldin directamente a los ojos y dijo firmemente:

–No quiero irme a casa. Quiero quedarme aquí.

–¿Y por qué quieres estar aquí?

–Como ya os dije antes, no me gustan mis cuidadores.

–No te creo –dijo Aldin con calma.

–¿El qué? Es la verdad.

–Sí, pero hay algo más. ¿No es así?

Maha suspiró.

–Sí, hay algo más.

–Me lo imaginaba.

–Estamos perdiendo la guerra. La gente no tiene comida. Muchos no tienen un lugar donde vivir.

Nuestra gente no puede sobrevivir por mucho más tiempo.

Aldin se sentó al lado de Maha en la cama y la miró atentamente:

–De momento, puedes quedarte aquí. Pero tienes que entender que nuestros dos mundos están en guerra.

–Ya lo sé, tengo 13 años, no 6 –dijo rápidamente.

Aldin se rio.

–Entonces entiendes que puede haber grandes problemas diplomáticos por todo esto. A nivel nacional e internacional.

–Sí, pero aún no saben dónde estoy –dijo bajando la vista –. Solo quiero esperar unos días. Después me puedo ir a otro lugar.

Kira miró a Aldin y él lo entendió. Era el momento. Tenía que averiguar cómo había llegado allí la niña.

–Maha, necesitamos saber una cosa.

–¿Qué cosa?

–Tú no has venido sola aquí. Eres muy pequeña para viajar por el espacio sin ayuda.

Maha miró a Kira. Después dijo muy despacio:

–Sí, yo no puedo **pilotar** una nave.

–¿Quién lo ha hecho entonces?

–No puedo decirlo.

Aldin tenía mucha paciencia. Estaba acostumbrado a tratar con diferentes tipos de personas.

–Maha, queremos saber quién te ha ayudado. Si no lo sabemos, no podremos ayudarte.

–Es… Es…

–No te preocupes. Estás a salvo –dijo Kira en voz baja.

Maha los miró y dijo:

–Es Valior, vuestro emperador. Él me ayudó.

Aldin se levantó de la cama bruscamente. Miró a Maha con preocupación. Después miró a Kira. Los guardias los miraban sorprendidos.

–¿Valior? –le dijo Aldin–. ¡Imposible!

Maha miró hacia abajo de nuevo.

–Sí, es posible. Hace unas semanas recibí un mensaje suyo. Decía que sabía que quería marcharme. Quería ayudarme, así que envió a sus **espías** para que me encontraran.

–¿Espías?

–Sí, espías terrarios en Lunaria.

Aldin se pasó la mano por la cabeza. Andaba nervioso por la habitación.

–Esto es increíble –suspiró.

–Y tengo que contaros algo más.

Después de unos momentos, Maha habló de nuevo.

–Bueno, en realidad, hay algo más que tengo que decirte, Aldin.

Aldin se dio la vuelta y miró a Maha. ¿El emperador ayudando a una niña lunaria? No entendía el porqué. ¿Tenía Maha algo más que contar? ¿Se había perdido él algo? Finalmente preguntó:

–¿Y qué es eso?

Maha lo miró a los ojos y dijo:

–Mi padre.

–¿Qué ocurre con tu padre?

–Mi padre es el emperador de los lunarios.

Anexo del capítulo 2

Resumen

La niña que ha venido en la cápsula se despierta. El médico la examina y dice que está bien. La niña empieza a hablar. Se llama Maha y tiene 13 años. Al principio, Maha dice que se ha ido por causa de sus padres. Más tarde da otra razón diferente. Tiene miedo de que los lunarios no sobrevivan a la guerra. Aldin le pregunta cómo ha llegado a la Tierra. Finalmente, ella le dice que su padre es el emperador Valior.

Vocabulario

¡Tranquilo/-a! Calm down!

detener to stop

examinar to examine, to check

la salud health

confiar to trust

No queremos hacerte daño. We don't want to hurt you.

la herida the injury

Te hemos estado cuidando. We've been taking care of you.

extrañarse to be surprised

No les importo. They don't care about me.

hacer caso to pay attention

ocupado/-a busy

el/la cuidador/(a) carer

escaparse de casa to run away from home

pensativo/-a thoughtful, contemplative

Aquí hay algo que no va bien. There is something that is not right here.

pilotar to pilot

el/la espía spy

Preguntas de elección múltiple

Seleccione una única respuesta para cada pregunta.

6) Al principio, Maha ___.
   a. no quiere hablar
   b. está muy asustada
   c. habla mucho
   d. quiere hablar con su padre

7) Maha explica que ___.
   a. se ha escapado de casa
   b. la han echado de casa
   c. se ha perdido
   d. no sabe dónde está su casa

8) Maha también dice que ___.
   a. su familia la quiere mucho
   b. no conoce a sus padres
   c. quiere mucho a sus cuidadores
   d. está enfadada con sus padres

9) Cuando Aldin le pregunta quién la ha ayudado, Maha responde: ___.
   a. el emperador lunario
   b. Valior en persona
   c. espías terrarios enviados por Valior
   d. espías lunarios

10) ¿Cuál es el problema más grande que tiene la niña?
   a. tiene miedo
   b. es la hija del emperador lunario
   c. es una espía lunaria
   d. se quiere ir a casa

Capítulo 3 – La verdad

Aldin miró a Maha. No se lo podía creer. ¡Era la hija del emperador lunario! ¡La niña podría crear un caos en el mundo! ¡Más luchas! ¿Y todo porque se sentía sola? ¿Porque pensaba que el emperador terrario entendía sus problemas? ¿Qué había hecho esta niña?

Entonces Aldin se dio cuenta de algo muy importante. No era **responsabilidad** de la niña. Ella no sabía lo que había hecho. Ella solo sabía que estaba triste. Y un hombre llamado Valior la había ayudado. *Él* era el problema. ¡El emperador! ¡De todos ellos! **¿Cómo era posible?** ¿Estaba intentando causar más guerras? Aldin tenía que averiguarlo.

Aldin salió de la casa de Kira. Montó en el vehículo y fue hasta el centro de la ciudad. Allí, entró en el gran palacio. Necesitaba hablar con el emperador. Caminó hacia su **despacho**. De repente, un guardia de seguridad lo detuvo.

–La entrada aquí te está **prohibida** –dijo el guardia.

Aldin se sorprendió. Necesitaba hablar con el emperador Valior.

–¿Prohibida? ¡Soy ministro! ¡Sabes quién soy!

–Son **órdenes** del emperador.

Aldin **se preguntó** qué podía hacer a continuación. Tenía que hablar con el emperador Valior, pero ahora el emperador le estaba prohibiendo la entrada. El emperador siempre decía que Aldin era muy listo, pero no muy fuerte. Era el momento demostrar quién era.

Sin pensarlo más, Aldin cogió el rifle del guardia y le **golpeó** en la cabeza. El guardia cayó al suelo. Aldin entró al despacho. El emperador estaba sentado en su silla. Otros guardias intentaron detener a Aldin, pero el emperador dijo:

–Ya basta, dejad que Aldin hable.

Los guardias dudaron. No confiaban en Aldin.

–**¡Ya me habéis oído! ¡Salid de mi despacho!** –les gritó Valior a los guardias.

Los guardias salieron de su despacho. El despacho era una habitación muy grande, muy lujosa. Se veía toda la capital porque era un piso muy alto. **Estaba amaneciendo**. Parecía que el emperador no había dormido.

–Aldin, ¿qué quieres? –suspiró.

–¿Por qué no sé nada sobre la niña?

–¿Qué niña?

–Emperador, no soy **estúpido**.

Valior dejó de **fingir**.

–Está bien. **Estoy harto** de fingir. Dime qué quieres saber.

–¿Por qué está la hija del emperador lunario en la capital? ¿Por qué lo hiciste? ¡Nuestra política no es usar niños!

Valior se volvió hacia Aldin. Gritó:

–¡No es nuestra política **perder** guerras!

Aldin miró a Valior. Después le preguntó en voz baja.

–¿Y por qué no me lo dijiste?

–No te lo he dije por una sola razón.

–¿Qué razón?

–No **aprobarías** este tipo de misiones.

Aldin estaba de acuerdo. Por supuesto que no querría que una niña estuviera **involucrada** en la guerra. No era correcto.

–¿Qué vas a hacer con Maha? –preguntó Aldin.

–¿Con Maha? ¡Vamos a cuidarla! Solo es una niña –respondió el emperador.

–No me refería a eso. Me refiero a qué va a ocurrir cuando los lunarios averigüen todo esto. ¿Le **harán daño**?

–Buena pregunta–dijo el emperador con calma.

Aldin miró al emperador. El emperador empezó a hablar de nuevo.

–Los lunarios ya saben que Maha se ha ido, que se ha escapado de casa –continuó–. Saben que su nave ha salido del planeta, pero no saben dónde está la nave, ni saben que unos espías terrarios la ayudaron a salir del planeta. Ya ves, no saben nada.

Miró a Aldin con cuidado. El emperador quería **evaluar** cómo se sentía Aldin.

–¿Y si se enteran de que tú la ayudaste?

–**No se pueden enterar**. Los espías no lo contarán. Nadie lo sabe aquí… excepto tú.

Aldin se paró a pensar, y después continuó.

–¿Pero por qué? –preguntó.

Aldin no podía entender la forma de pensar del emperador. ¿Por qué involucrar a una niña pequeña? ¿Por qué **separarla** de sus padres?

–Por ser quienes son sus padres –respondió Valior.

El emperador miró a Aldin como si fuera estúpido.

–¿Entiendes los beneficios? Tenemos a la hija del emperador en nuestro planeta. Podemos usarla para las negociaciones. Para tener más poder. Para cualquier cosa, en realidad.

Valior se quedó callado por un momento. Esperaba alguna reacción de Aldin, pero su cara no mostraba nada. El emperador continuó.

–¿Lo entiendes ahora? Podemos usarla para obtener lo que queramos. Tenemos al emperador de los lunarios en nuestras manos. ¡Y todo porque su estúpida hija pequeña se sentía ignorada!

Valior soltó una carcajada. Era una carcajada que te dejaba el corazón frío. Aldin miró con cuidado al emperador. Allí estaba un hombre que era su líder. El hombre en el que Aldin siempre había confiado. El hombre que era tan importante para Aldin. Pero ahora lo único que Aldin sentía era **asco**. Valior estaba usando a una niña para conseguir lo que quería. No estaba bien.

Aldin sonrió y dijo:

–Lo entiendo muy claramente ahora, emperador. Tal y como desees.

Se dio la vuelta y salió del despacho del emperador. Caminó deprisa por las calles de la capital. No le gustaba lo que estaba sucediendo. No le gustaba nada, pero no podía **mostrarlo**. Si el emperador sabía que estaba en contra de él, le matarían. Había solo una persona a la que Aldin podía pedir ayuda. Una persona que lo entendería todo. Tenía que hablar con ella.

Subió a un vehículo del gobierno y empezó a conducir. Condujo tan deprisa como pudo. Fue hacia la granja de Kira. Allí, llamó a la puerta.

–¡Kira! ¿Estás aquí?

Kira **abrió** la puerta.

–Sí, aquí estoy, Aldin. ¿Qué necesitas?

–Está todavía aquí la niña –preguntó Aldin.

–¿Por qué? Sí, está aquí. Todavía no la han llevado a la capital.

–Bien –respondió Aldin.

–Pero un vehículo llegará dentro de poco –añadió ella.

–¡Vaya! Tenemos menos tiempo del que pensaba. Tenemos que darnos prisa –dijo nervioso–. Llévame a donde está ella.

Entraron en la habitación. Aldin miró a la niña. Estaba descansando en silencio.

–Nos tenemos que ir –dijo él.

–¿Ir? ¿Adónde? –preguntó Maha sin entender lo que estaba pasando.

Aldin miró a su alrededor. No había nadie más en la habitación.

–¿Dónde están los guardias?

–Se han ido a desayunar.

–Bien –dijo Aldin de nuevo.

Y después añadió:

–Es nuestra oportunidad, Kira.

–¿Nuestra oportunidad? –respondió Kira–. ¿De qué?

–De llevarnos a Maha de aquí –dijo él.

Kira miró alrededor de la habitación. Después se sentó y miró a Maha. La niña parecía confiada por primera vez.

–¿Quieres llevar a Maha a la ciudad?

–No, quiero sacarla del planeta.

–¿Qué? –respondió Kira–. ¿Por qué?

–Maha solo está confusa. Es una niña pequeña confusa y **solitaria**. Valior la trajo aquí y quiere usarla. Quiere usar a Maha para someter al emperador lunario.

Aldin le explicó a Kira los planes del emperador Valior. Kira no se lo podía creer.

–¿Entiendes? –dijo Aldin–. No quiero que hagan daño a Maha. Tenemos que llevarla de vuelta con sus padres.

–¿Nosotros?

–Nosotros. Tenemos que llevarla al planeta lunario. Tenemos que devolverla a sus padres. No puedo hacerlo solo, Kira. Necesito tu ayuda.

Kira pensó por un momento. Miró a la niña pequeña. Después miró por la ventana de la granja. Finalmente, miró a Aldin y dijo:

–¿Qué tengo que perder?

Kira despertó a Maha. Las dos montaron en el vehículo de Aldin. Aldin condujo durante muchas horas. Tenían que llegar a la **estación espacial** más cercana. Estaba lejos de la capital. Por el camino, Maha se durmió de nuevo. Cuando llegaron, Kira y Aldin la sacaron del vehículo. Caminaron hacia la nave más cercana. Aldin habló con uno de los guardias de seguridad. Le dijo que estaban realizando una misión secreta del gobierno. El guardia dijo que no se lo diría a nadie. No hizo nada para detenerlos. Entraron en la estación espacial sin ningún problema.

Maha se despertó cuando despegó la nave. No estaba contenta, pero no podía hacer nada. Aldin sintió pena por ella, pero sabía que estaban haciendo lo correcto.

El viaje por el espacio duró varios días. La nave se acercó a Lunaria. Aldin habló por radio y dijo:

–Esta es la nave terraria 12913. Tengo que hablar con el emperador lunario. Soy el ministro Aldin de Terraria.

–¿Por qué quieres hablar con nuestro emperador? –dijo un guardia por radio.

–Tenemos a su hija.

La radio se quedó en silencio. En pocos segundos, Aldin escuchó un aviso del ordenador. Las naves lunarias estaban llegando. Esperaban cerca de la nave.

De repente, la radio comenzó a funcionar de nuevo. Aldin escuchó una voz:

–Entréganos a Maha o te mataremos –dijo la voz.

–No vais a matarnos –dijo Aldin con certeza.

–¿Por qué lo sabes?

–Quiero hablar con tu emperador ahora mismo – respondió Aldin.

Finalmente, una voz poderosa se escuchó en la radio.

–Soy el emperador de Lunaria. Dame a mi hija –dijo con una voz muy grave–, y os perdonaré la vida.

–Te entregaremos a Maha. Te la entregaremos con una condición.

–¿Cuál es esa condición?

–Queremos **paz**. Tiene que haber paz entre Terraria y Lunaria.

El emperador calló durante varios minutos y al final dijo:

–¿Por qué debería creerte? ¿Por qué debería creer que habrá paz?

–Porque te hemos devuelto a tu hija. Porque sé que no podéis soportar más la guerra. Porque sé que la guerra ha sido muy difícil para ti y para tu gente. Piensa en los problemas económicos. Piensa en el hambre y el dolor. Estamos todos muy mal. Esto tiene que terminarse.

La radio se quedó en silencio. Finalmente, una voz suave habló.

–Estoy de acuerdo –suspiró el emperador –. Acepto. Entrégame a mi hija y acepto la paz.

Anexo del capítulo 3

Resumen

Aldin vuelve al palacio y habla con el emperador. Valior le explica su plan. Usará a Maha para luchar contra los lunarios. Aldin no está de acuerdo con el plan, pero oculta su opinión. Vuelve a la granja de Kira. Él y Kira llevan a Maha a una nave espacial. Viajan a Lunaria y hablan con el emperador lunario. Le ofrecen devolverle a Maha a cambio de la paz. Llegan a un acuerdo. Por fin termina la guerra.

Vocabulario

la responsabilidad responsibility

¿Cómo era posible? How was it possible?

el despacho office

prohibido/-a forbidden

la orden instruction, order

preguntarse to wonder

golpear to hit

¡Ya me habéis oído! You've heard me!

¡Salid de mi oficina! Get out of my office!

amanecer to dawn

estúpido/-a stupid

fingir to pretend

estar harto/-a to be fed up

perder to lose

aprobar to approve

involucrado/-a involved

hacer daño to injure

evaluar to assess

No se pueden enterar. They cannot find out.

separar to take away

el asco disgust

mostrar to show
abrir to open
solitario/-a lonely
la estación espacial spaceport
la paz peace

Preguntas de elección múltiple
Seleccione una única respuesta para cada pregunta.

11) Después de estar en la granja, Aldin va ___.
   a. a un restaurante
   b. a otro planeta
   c. al palacio
   d. a su casa

12) Aldin se da cuenta de que Valior, el emperador, ___.
   a. quiere la guerra
   b. quiere la paz
   c. siempre dice la verdad
   d. es amigo del emperador lunario

13) Aldin tiene un plan: ___.
   a. devolver a la niña
   b. quedarse con la niña
   c. matar a la niña
   d. no hacer nada

14) Maha quiere ___.
   a. volver a casa
   b. quedarse en Terraria
   c. hablar con sus padres
   d. vivir en la granja de Kira

15) Cuando Aldin habla con el emperador lunario, le pide ___.

a. dinero

b. la paz

c. un puesto de trabajo

d. la posibilidad de quedarse en Lunaria

Answer Key

La Paella Loca: *Capítulo 1:* 1. a, 2. b, 3. d, 4. c, 5. b; *Capítulo 2:* 6. d, 7. b, 8. b, 9. a, 10. c; *Capítulo 3:* 11. b, 12. c, 13. d, 14. d. 15. b; *Capítulo 4:* 16. c, 17. d, 18. a, 19. c, 20. a

La criatura: *Capítulo 1:* 1. c, 2. a, 3. d, 4. d, 5. b; *Capítulo 2:* 6. b, 7. d, 8. c, 9. a, 10. b; *Capítulo 3:* 11. c, 12. a, 13. d, 14. a. 15. c

El caballero: *Capítulo 1:* 1. b, 2. b, 3. d, 4. c, 5. b; *Capítulo2:* 6. a, 7. a, 8. b, 9. c, 10. d; *Capítulo 3:* 11. c, 12. b, 13. c, 14. c, 15. a

El reloj: *Capítulo 1:* 1. a, 2. d, 3. c, 4. c, 5. b; *Capítulo 2:* 6. b, 7. a, 8. c, 9. a, 10. b; *Capítulo 3:* 11. c, 12. b, 13. b, 14. d, 15. b

El cofre: *Capítulo 1:* 1. c, 2. b, 3. a, 4. d, 5. c; *Capítulo 2:* 6. a, 7. a, 8. b, 9. a, 10. a; *Capítulo 3:* 11. c, 12. c, 13. d, 14. b, 15. b

Tierras desconocidas: *Capítulo 1:* 1. b, 2. a, 3. d, 4. c, 5. d; *Capítulo2:* 6. c, 7. b, 8. d, 9. a, 10. d; *Capítulo 3:* 11. c, 12. c, 13. c, 14. c, 15. b

Laura, ia mujer invisible: *Capítulo 1:* 1. a, 2. b, 3. c, 4. c, 5. c; *Capítulo 2:* 6. a, 7. b, 8. c, 9. b, 10. a; *Capítulo 3:* 11. d, 12. b, 13. b, 14. a, 15. c

La cápsula: *Capítulo 1:* 1. c, 2. b, 3. b, 4. d, 5. d; *Capítulo 2:* 6. b, 7. a, 8. d, 9. c, 10. b; *Capítulo 3:* 11. c, 12. a, 13. a, 14. b, 15. b

Glossary

A

a estas horas at this time

a la vuelta de la esquina around the corner

a su lado by his/her side

a toda costa at all costs

abalanzarse to leap on, to jump on

abrir to open

acabar con to put an end to

acabarse to finish

acabo de I've just

acciones (las) shares

acercarse to get close

adelante to go ahead

advertencia (la) warning

agente de ventas (el/la) sales associate

agitarse to shake

ahora que lo dice now that you say it

al mismo tiempo at the same time

al pasar when passing

alianza (la) alliance

amanecer to dawn

ambos/ambas (m/f) both

ampliar to expand

ancho/ancha (m/f) wide

anciano/anciana (el/la) elder

anillo (el) ring

apago la luz I switch off the lights

aparato (el) gadget

apenas hardly

Apenas nos queda nada. There's barely enough.

aposento (el) chamber

apoyado/apoyada (m/f) leaning on

aprobar to approve

aprovechar el momento to take advantage of the moment

aproximarse to approach

apuntes (los) school notes

Aquí hay algo que no me cuadra. Something just doesn't add up.

Aquí hay algo que no va bien. There is something that is not right here.

arboleda (la) ancient grove

archivo (el) folder

armadura (la) armour

arrancar to start (a vehicle)

arreglar to repair

asco (el) disgust

asegurarse to make sure

asentir to agree, to nod

asunto importante (el) important matter
aterrizar to land
aumento de sueldo (el) pay rise
aún no estoy vestido/vestida I'm not yet dressed
aún yet
aunque although
avergonzado/avergonzada (m/f) ashamed
averiguar to find out

B
bajar to get out (of the car)
balancearse to rock
bando (el) side
barba (la) beard
barca (la) small boat
batalla (la) battle
bebida energética (la) energy drink
besar to kiss
bonificación (la) bonus
brillar to shine
broma (la) joke, prank
bruscamente suddenly

C
caballero (el) knight
cabina telefónica (la) phone booth
caer to fall
callarse to keep quiet
caluroso/calurosa (m/f) hot
cambiar de sitio to change places

campamento (el) camp
campesino/campesina (el/la) peasant, farmer
cansarse to get tired
cápsula (la) capsule
cargador (el) charger
cariño (el) darling, dear, honey, love
caro/cara (m/f) expensive
carro (el) cart
casa de veraneo (la) summer house
cazar to hunt
charla (la) talk
cierto/cierta (m/f) true
cobertura (la) network coverage
cobrar to earn
codicioso/codiciosa (m/f) greedy
cofre (el) chest
cola (del aeropuerto, del cine, etc.) (la) queue
colgar el teléfono to put down the phone
collar (el) necklace
comer algo to have a snack
¿Cómo puedo ir hasta aquí? How can I get here?
comprobar to check
con recelo with suspicion
con suerte with luck
confiar to trust
confiar el uno/la una en el otro/la otra to trust each other
construir to build

contestador automático (el) answer phone

corona (la) crown

correr to run

cortarse el pelo to cut one's hair

cosecha (la) crop

cruce (el) crossroads

cruzar to cross

cualquier cosa anything

¿Cuánto tiempo llevas...? How long have you been...?

¿Cuánto tiempo tarda...? How long does it take...?

cuento (el) tale

cuidador/cuidadora (el/ la) carer

cuidar to take care

curar to heal

D

dar to give

dar una patada a alguien to kick someone

darse cuenta to realize

darse la vuelta to turn around

de alguna manera somehow

de la infancia from childhood

de parte de on behalf of

de repente suddenly

decepcionarse to be disappointed

Deja que lo mire. Let me have a look at it.

déjame en paz leave me alone

Déjamelo a mí. Leave it to me.

dentro de poco shortly

¡Deprisa! hurry up

desafío (el) challenge

descansar to rest

descargar to unload

desconectar to switch off, to rest

descubrir to find out

desenvolver to unwrap

despacho (el) office

despedirse to say goodbye

despegar to take off

después de tantos años after so many years

desteñido/desteñida (m/f) faded

detener to stop

detenerse to stop

devolver to return

devorado/devorada (m/f) devoured

diente (el) tooth

directivo/directiva (el/la) manager

dirigente político/política (el/la) political official

¡Discúlpenme! Excuse me!

diseño (el) design

disfraz (el) the costume

disparar to shoot

distanciarse to step away

distraerse to get distracted

dudar to doubt

durante toda su vida throughout his/her life

E

edificio (el) building

elegir to choose

empacar to pack

empleado/empleada modelo (el/la) top employee

empresa (la) company, business

empujar to push

en aquel entonces at that time

en cambio however

en cualquier momento anytime

en fin well (coloquial)

en los días siguientes the following days

en parte in part, partly

¿En qué estaría pensando? What was he/she thinking about?

¿En qué os puedo ayudar? How can I help you?

encargo (el) order

encender to turn on

encontrar to find

enfadarse to get angry

enseñar to show

enterarse to find out

entrenado/entrenada (m/f) trained

entristecerse to be saddened

época (la) era, age

equipo directivo (el) management team

equivocado/equivocada (m/f) wrong, mistaken

escaparse de casa to run away from home

escasear to be in short supply

esconderse to hide

Eso espero. I hope so.

esperar to expect

Espero que no ocurra nada grave. I hope that nothing serious will happen.

espía (el/la) spy

¡Estaba muy preocupado/ preocupada! I was so/very worried!

estación espacial (la) spaceport

estar acostumbrado/ acostumbrada to be used to

estar ahorrando to be saving (money)

estar harto/harta to be fed up

¿Estás bromeando? Are you joking?

estirar las piernas to stretch my legs

¡Esto está riquísimo! It tastes very great!

¡Esto habría que celebrar-lo! It should be celebrated!

¡Estoy de acuerdo! I agree!

estricto/estricta (m/f) strict

estudiante de intercambio (el/la) exchange student

estúpido/estúpida (m/f) stupid

evaluar to assess

examinar to examine, to check

exhausto/exhausta (m/f) exhausted

extrañarse to be surprised

F

facturar to check in

faltar to be missing

fértil (m/f) fertile

fingir to pretend

fuego (el) fire

fuente (la) fountain

fuera de mi vista move out of my sight

fuerza (la) strength

furia (la) fury

G

gafas de sol (las) sunglasses

ganancias (las) profits

ganarse la vida to make a living

gerente de programación informática (el/la) IT programming manager

gestionar los alquileres to manage the rentals

golpe (el) knock (on the door)

golpear to hit

grabado/grabada (m/f) engraved

grabar to record

granjero/granjera (el/la) farmer

gruñir to growl

guardia de seguridad (el/la) security guard

H

¿Ha estado alguna vez...? Have you ever been...?

había cambiado el rumbo de los barcos had changed the course of the boats

hábil (m/f) skilful

hace cientos de años hundreds of years ago

hace poco tiempo recently

hacer caso to pay attention

hacer daño to harm

hacer un gesto to make a gesture

Hacía mucho calor. It was very hot.

¿Hay alguien ahí? Is anyone there?

herida (la) the injury

hora de volver (la) time to go back

huella (la) footprint

I

Iba por buen camino. He/she was on the right track.

igual que just like

inclinarse to bend

incómodo/incómoda (m/f) uncomfortable

introducir to enter (a code)

involucrado/involucrada
(m/f) involved

ir a la cabeza to be the
frontrunner

J

jefe/jefa (el/la) boss, chief

junto con together with

L

la colina (la) hill

la expedición (la) expedition

la misma the same

ternura (la) tenderness,
affection

labrar to cultivate

ladera (la) hillside

lago (el) lake

lanzar to throw

**Las cosas se pueden poner
feas.** Things can get ugly.

**le quedaba mucho camino
por recorrer** he/she had a
long way to go

le temblaban las manos his/
her hands were shaking

lejano/ lejana (m/f) far away

levantar la mano to raise
one's hand

levantar to pick up

linterna (la) torch

llamar a la puerta to knock
on the door

llave (la) key

llenar to fill

lleno/llena (m/f) full

llevar tiempo to take time

llevarse to take

luchar to fight

M

madera (la) wood

Majestad His/Her Majesty

manantial (el) spring (of
water)

mantenerse to maintain

máquina voladora (la)
flying machine

marca (la) mark

¡Márchate! Leave!

**mayordomo/mayordoma
(el/la)** butler

¡Me alegro de verte! It's
good to see you!

Me ha ido bien. I've been
doing well.

¡Me has mentido! You've
lied to me!

mediano/mediana (m/f)
average-size

**Mejor mantenernos
alejados de ellos.** We are
better off staying away from
them.

¡Menos mal! Thank goodness!

mentir to lie

¡Menudo día de locos! What
a crazy day!

mezquino/mezquina (m/f)
mean

ministro/ ministra (el/la)
minister

Mira hacia arriba. He/She looks up.

mochila (la) rucksack

molestar to bother, to disturb

montar en un vehículo to get into a vehicle, to ride in a vehicle

montar una empresa to set up a company

morir to die

morirse de risa to be hilarious

morirse to die

mostrar to show

motor (el) engine

multitud (la) crowd

muralla (la) wall

músculo (el) muscle

muy pocas veces rarely

N

Nadie sabía nada. Nobody knew anything.

nave (la) ship (starship)

navegar to sail

No hagas ruido. Don't make noise.

No les importo. They don't care about me.

No me des las gracias todavía. Don't thank me yet.

¡No me lo puedo creer! I cannot believe it!

No queremos hacerte daño. We don't want to hurt you.

no saber para qué sirve (algo) not knowing what something is for

No sé a qué se refiere. I don't know what you mean.

no se lo digas a nadie don't tell anyone

No se pueden enterar. They cannot find out.

No tenía sentido. It made no sense.

noble (m/f) courteous (formal)

nocturno/nocturna (m/f) night, nighttime

notar(se) to notice

nublado/nublada (m/f) cloudy

Nunca había visto algo así. I had never seen anything like this.

O

obra de teatro (la) theatre play

ocupado/ocupada (m/f) busy

orden (la) instruction, order

orilla (la) shore of the lake

oso/osa (el/la) bear

otorgar to give

ovación (la) ovation

P

pacífico/pacífica (m/f) peaceful, peace-loving

pájaro (el) bird

pañuelo (el) scarf, handkerchief

pararse to stop

pasar la tarde to spend the afternoon
pasar to come in
pasear to walk, to go for a walk
patalear to kick about
paz (la) peace
pedir to ask (for)
pelearse to fight
peludo/peluda (m/f) furry
pensar detenidamente to think things through
pensativo/pensativa (m/f) thoughtful, thinking
perder to lose
perderse to get lost
perdonar to forgive
pergamino (el) scroll
permítame su chaqueta let me take your jacket
peso (el) weight
piedra (la) stone
pilotar to pilot
pirata (el/la) pirate
plantar to plant
poción (la) potion
poder (el) power
polvo (el) dust
poner música to play music
por aquí y por allá here and there
por ningún lado nowhere
por sí mismo/misma by itself
portal (el) entrance hall
portero/portera (el/la) caretaker, doorman

poseer to posses
preguntarse to wonder
preocupación (la) worry
presa (la) hunting prey
presionar to press
probar to prove
prohibido/prohibida (m/f) forbidden
prominente (m/f) prominent
proteger to protect
provenir to come from
provisiones (las) supplies
¿Puedo ayudarle en algo? What can I do for you?
puerto (el) port

Q

¡Qué alegría verte! How nice to see you!
¿Qué más da? Who cares?
Que tenga un buen día. Have a nice day.
¿Queda claro? Do you understand?
quedar to meet up
quedarse dormido/dormida to fall asleep
quedarse to stay
quédese con la vuelta keep the change
Quiero que llevéis esto. I want you to take this.
quitarse to take off

R
rama (la) branch
recobrar to get back

recoger to pick up
reconocer to acknowledge
recordar to remember
recuperar to get back
regla (la) rule
reino (el) kingdom
relojero/relojera (el/la) watchmaker
remar to row, to paddle
remo (el) row
remodelar to remodel, to rebuild, to restyle
rentable (m/f) profitable
resolverse to be resolved
responsabilidad (la) responsibility
retroceder to go back
reunirse to meet
riachuelo (el) stream
rico/rica (m/f) delicious
robar to steal
robusto/robusta (m/f) strong
rodear to go around
romper to break
roto/rota (m/f) broken

S
saber to know
sacudir to shake
salgamos en las noticias we'll appear on TV
¡Salid de mi oficina! Get out of my office!
salud (la) health
salvo except (for)
sano/sana (m/f) healthy

se dice it is said
se hizo muy largo it became very long
se perdió de vista was no longer in sight
sea lo que sea in any case
seguir to follow
segundo/segunda de a bordo (el/la) second in command
sello (el) stamp
senderismo (el) hiking
señalar to indicate
separar to take away
servir to serve
sin novedad with no changes
sin previo aviso without warning
sistemáticamente sistematically
sobre (el) envelope
solitario/solitaria (m/f) lonely
sonar to ring
sonriente (m/f) smiling
sorprendido/sorprendida (adj) (m/f); **sorprenderse (v)** surprised; to get surprised
su propio taller his/her own workshop
subir en el ascensor to take the lift
suceder to happen
sucio/sucia (m/f) dirty
sueldo (el) salary
suelto/suelta (m/f) free

T

táctica (la) strategy
tambalearse to stagger
tantas cosas que ver so many things to see
Te hemos estado cuidando. We've been taking care of you.
tela (la) cloth
temblar to tremble
tendero/tendera (el/la) shopkeeper
tenemos que separarnos we have to split
tener muchas ganas de to look forward to
tener noticias to have news
tener que ver (con) to have to do with
¡Tengo que disfrutar de esto! I have to enjoy this!
tesoro (el) treasure
tiene buena pinta it looks good
tierra (la) earth
timbre (el) bell
timón (el) rudder
tirar to throw
tocar to touch
trabajador/trabajadora (el/la) worker, employee
trabajar muy duro to work very hard
traer to bring
traicionar to betray
tranquilo/tranquila (m/f) calm

transcurrir to pass (time)
transportar al futuro to take ahead of time
transportista (el/la) driver
tratar to treat
truco (el) trick
tutear to speak to someone as 'tú' (more familiar)

U

ubicado/ubicada (m/f) located
unos/unas contra otros/otras each other, one another

V

valiente (m/f) brave
¡Vamos a encontrar tierra! We're going to find land!
¡Vamos tras él! Let's go after him!
vela (la) candle
venenoso/venenosa (m/f) poisonous
verdaderamente truly, really
vergüenza (la) shame
Vete al grano. Get to the point.
viajar en el tiempo to travel in time
vigilar to guard
volante (el) wheel
volver a dejarlo to leave it again
volver a la normalidad to go back to normal

votar to vote
voz grave (la) deep voice

¡Ya me habéis oído! You've heard me!

Y

Y así lo hizo esta vez. And so he/she did this time.
¿Y si es algo más que eso? And if it's something more than that?

Z

zarpar to set sail

Acknowledgements

If my strength is in the ideas, my weakness is in the execution. I owe a huge debt of gratitude to the many people who have helped me take these books past the finish line.

Firstly, I'm grateful to Aitor, Matt, Connie, Angela and Maria for their contributions to the books in their original incarnation. To Richard and Alex for their support in expanding the series into new languages.

Secondly, to the thousands of supporters of my website and podcast, *I Will Teach You A Language*, who have not only purchased books but who have also provided helpful feedback and inspired me to continue.

More recently, to Sarah, the Publishing Director for the *Teach Yourself* series, for her vision for this collaboration and unwavering positivity in bringing the project to fruition.

To Rebecca, almost certainly the best editor in the world, for bringing a staggering level of expertise and good humour to the project, and to Karyn and Melissa, for their work in coordinating publication behind the scenes.

My thanks to James, Dave and Sarah for helping *I Will Teach You A Language* continue to grow, even when my attention has been elsewhere.

To my parents, for an education that equipped me for such an endeavour.

Lastly, to JJ and EJ. This is for you.

Olly Richards

Notes

Use *Teach Yourself Foreign Language Graded Readers* in the Classroom

The *Teach Yourself Foreign Language Graded Readers* are great for self-study, but they can also be used in the classroom or with a tutor. If you're interested in using these stories with your students, please contact us at learningsolutions@teachyourself.com for discounted educational sales and ideas for teaching with the stories.

Bonus Story

As a special thank you for investing in this copy, we would like to offer you a bonus story – completely free!

Download the Readers app and enter **bonus4u** to claim your free Bonus Story.

FERRG, EL DRAGÓN

El dragón vio pasar la flecha, miró hacia abajo y aterrizó en la plaza del pueblo. –¿Josh…? –dijo el dragón.